KB167604

마음이
전부입니다

마음이 먼저입니다

초판 1쇄 인쇄일 | 2019년 11월 15일
초판 1쇄 발행일 | 2019년 11월 20일

지은이 | 이성주
펴낸이 | 박성면
펴낸곳 | 동아북스

출판등록 | 제406 - 2007 - 000071호
주소 | 경기도 파주시 문발로 115, 세종출판벤처타운 201-A호
전화 | (031) 8071 - 5201
팩스 | (031) 8071 - 5204
전자우편 | lion6370@hanmail.net

정가 | 14,000원
ISBN 979-11-6302-268-8 (03810)

마음이
전부입니다

이성주 지음

차 례

● 나를 다듬어준 독서

언젠가부터 소소한 일상을 적은 글을 지인들에게 보내기 시작했습니다. 뜻밖에도 지인들이 좋은 반응을 보여주며 격려까지 해주셨습니다. 어느 파워 블로거께서는 자청해서 블로그를 만들어주시고 불로그 문패까지 달아주시고는 글을 한 군데에 모아보라고 권유를 해주셨습니다.

현직에 있을 때는 엄두를 내지 못하다가 퇴임한 이후 블로그에 글을 올리기 시작한 지 반년이 조금 넘었습니다. 언제 책으로 엮을 것이냐는 주위의 부추김에 막연하게 '언젠가는'이라고 생각하고 있던 참이었습니다. 그러나 출간 일정이 갑자기 급물살을 타기 시작하면서 마음의 부담이 커지기 시작했습니다. 과연 활자화해도 부끄럽지 않은 글들인지 걱정도 되었습니다.

우여곡절 끝에 화살이 시위를 떠났습니다. 한국을 대표하던 기관투자가의 일원으로서 흥망성쇠와 궤를 같이했던 투자은행에서 보낸 28년간의 첫 직장생활, 대학교수로 변신했던 그 후 3년, 그리고 다시 기적적으로 찾아온 기회를 잡고 늦은 나이에 몸담았던 상업은행 성격의 금융회사에서 보낸 6년 3개월의 기록을 담았습니다.

외래강사로 대학에 출강하면서 기업전문코치로서 기업체 임직원 강의와 코칭을 하면서 여전히 분주한 지금, 그동안의 경험을 바탕으로 후배들에게 전하고 싶은 말도 보탰습니다.

아직 갈 길이 멀고 온통 부족함 투성이인 삶이지만 여러분께 작은 참고라도 되었으면 하는 바람입니다. 감사합니다.

2019년 늦가을, 이성주

금융맨으로
산다는 건

1.

사회에
첫 발을
내딛기까지

"왜 꼭 법대를 가려고 하는 거니?"

"저는 법대에 가서 꼭 고시에 합격해서 저희 집안을 다시 일으켜야 합니다."

대학 입시원서를 쓰면서 채준성 담임선생님과 실랑이 하던 장면입니다. 서울대 법대에 지원하기에는 점수가 부족하다고 했습니다. 그럼 고대 법대를 지원하겠다고 했더니 담임선생님께서는 왜 꼭 법대를 고집하느냐면서 서울대 다른 과로 진학할 것을 강권하셨습니다. 예나 지금이나 서울대 합격자 수로 해당 고교의 평판이 좌우되면서 생긴 웃지 못할 풍속도였습니다. 한 달여의 실랑이 끝에 결국 고려대 법대 진학을 결정했습니다.

장학금을 받기 위해 학교 총무과에 들렀더니 연배 지긋한 여선생님께서 한마디 거드셨습니다.

"너는 법대보다는 영문과가 어울릴 것 같은데?"

법대에 입학한 후에야 비로소 그 여선생님께서 해주셨던 말이 어떤 의미였는지 귀에 들어왔습니다. 스스로도 왠지 제가 법대와 잘 어울리지 않는다는 느낌이 들었기 때문입니다. 그렇다고 어려운 집안 형편상 재수하겠다는 생각은 꿈에도 하지 못한 채 생활비를 벌기 위해 곧바로 과외교사로 생활전선에 뛰어들었습니다.

입학하고 얼마 후에 과대표를 뽑아야 한다는 알림이 있어서 지원했더니 행정학과의 과대표로 선출되었습니다. 그러나 고교시절 학급을 이끌던 반장의 역할 정도로, 습관처럼 몸에 밴 제 방식대로 과를 이끌어가려고 했다가 제동이 걸렸습니다. 이의를 제기한 학우들의 의견이 더 나을 때가 많았습니다. 전국 각 도의 이른바 명문고에서 모여든 동기들의 식견은 다양하면서도 탁월했습니다. 이때부터 오랫동안 저를 지켜온 가치관이 송두리째 허물어지는 느낌이 들면서 갈피를 못 잡는 혼돈의 시기가 계속되었습니다.

지금까지 가져온 가치관에 대해 다시 생각각하고 정리해야 할 것 같은 갈등과 갈증이 절실해지면서 가뜩이나 별다른 흥미를 느끼지 못하고 있었던 법률서적은 제쳐두고 심리학, 사회학 관련 책을 파고들었습니다. 뭔가 잡았다는 느낌이 들다가도 이건 아닌데, 하는 과정이 수없이 반복되었습니다. 그러던 중 역설적이게도 '진정한 나 자신'을 다시 찾은 것은 단순하기 그지없는 군 생활을 통해서였습니다. 대한민국 평균 남자들이 모인 군대에서 저는 제가 과연 어떤 사람인지 객관적인 눈으로 바라볼 수 있었습니다. 책에서는 찾지 못했던 구체적이고 확실한 그림이 그려졌던 것입니다.

그러나 전역 후 복학을 하고 나서도 생활 패턴은 크게 달라지지 않았습니다. 법학 과목은 엄벙덤벙 겨우 겨우 학점을 취득해 나갈 정도였지만 여전히 인문학 서적만은 손에서

놓을 수 없었습니다. 그래도 다행히 동기들이 각종 고시 1차 시험에만 필요하다고 등한시하는 영어 공부에 집중하다 보니 심심풀이로 기출 고시 1차 영어 시험문제를 풀면 언제나 90점 이상이 나왔습니다.

돈벌이 전선도 계속 이어졌습니다. 입주 과외는 물론이고 학원 강사도 마다하지 않고 닥치는 대로 찾아 다녔습니다. 당시 대학생들에게 특권처럼 부여된 거의 유일한 돈벌이 수단이 '과외'였기 때문에 경제적으로 많은 도움이 되었지요. 심지어 KBS에서 주최하는 대학생 퀴즈 대회에 출전해서 장원 상금을 타는 것으로 집안 경제에 보탬이 되기도 했습니다.

그렇게 혼란과 갈등과 고단함을 지나 드디어 무사히 대학을 졸업했습니다. 평균 학점은 3. 2에 불과했고, C학점도 여럿 있고, 유신 반대 데모에 참가하느라 결석한 대가로 받은 교련 D+ 학점도 있습니다. 어찌 보면 초라한 결과물이지만, 나중에 교단에 섰을 때 학생들에게 학점의 노예가 되지 말라고 당부할 때마다 꺼내드는 제 성적표이기도 합니다.

졸업이 다가오면서 진로에 대한 고민은 더 깊어지며 계속 되었습니다. 당시는 우리나라의 경제가 급성장하던 시기여서 졸업하기 전 4학년 마지막 학기가 시작할 무렵의 여름이면 이미 기업들이 입도선매로 신입사원을 확보하고 있었고, 학생들은 4~5개의 기업 명단을 앞에 두고 어디로 갈까 고민하던 때였습니다.

그러나 이렇게 취업하기에 유리한 상황에서, 어이없게도 재학 시절 내내 과외교사로 고군분투만 했지 제대로 된 고시 공부를 해본 적이 없다는 억울함이 불쑥 치고 올라왔습니다. 결국 집안 형편이 되지 않는 것을 뻔히 알면서도 졸업하면 취업하지 않고 고시공부를 제대로 해보고 싶다고 어머니께 말씀 드렸습니다. 말없이 고개를 끄덕이셨지만, 당시 어머니는 공인회계사 도전을 선언한 2살 터울 남동생의 공부 뒷바라지 까지 하시느라 등골이 휘고 있었습니다.

1시간 공부하면 '이래도 되는 건가?' 하는 잡념이 2시간 드는 생활이 되풀이되다 보니 도저히 이렇게 계속하는 것은 아니라는 생각이 강하게 들었습니다. 결국 1년 반 동안의 고시

공부를 끝내기로 결정했습니다. 그리고 2월 초 졸업한 학교를 찾았습니다. 대기업 공채가 이미 전년도 11월에 마감된 것은 알고 있었지만 다른 대안이 있나 알아보려던 길이었습니다.

학생과 직원이 게시판에 붙어 있는 커다란 신입사원 채용 공고를 가리켰습니다.

"저 회사 좋은 곳이니 가봐."

이것이 '㈜한국투자신탁'과 평생 인연을 맺게 된 시작점 이었습니다. 서둘러 입사원서를 제출하고 입사시험과 면접을 거쳐 불과 1달여 만에 극적으로 몸을 담게 되었습니다.

㈜한국투자신탁은 정부가 자본시장을 육성하기 위한 일 환으로 1974년에 설립했는데, 당시는 자본시장 확대의 시대 상황에 맞춰 본격적으로 사세를 확장하기 시작했던 때였습니 다. 덕분에 전년도 11월의 정규 채용으로도 부족한 인원을 보 충하기 위해 그다음 해 초에 추가 모집을 한 것이고, 저는 운 명적으로 그 후 28년 계속된 인연을 만나게 된 것입니다.

제가 입사한 시점은 우리나라의 자본 국제화가 본격적

으로 추진된 원년이기도 해서 의도하지는 않았지만 한국 자본시장의 큰 흐름 속에서 첫 물결에 올라타는 행운을 누리게 되었습니다. 입사 당시 자산 총액이 3,000억 원에 불과했던 회사는 한국을 대표하는 36조 원의 기관투자기관으로 급성장했습니다. 이 과정에서 제가 초창기 멤버로서 누릴 수 있는 거의 모든 혜택을 받았던 것은 정말 행운이라고 할 밖에는 달리 표현할 말이 없습니다.

제 인생의 많은 부분을 함께 했고, 세상의 이치를 깨닫게 해준 직장 생활을 마치고 돌이켜보는 지금, 안타까웠던 점은 정부가 자본시장 정책을 수행하는 데 실패한 대가로 그 좋던 회사가 극도로 어려운 상황을 맞이하게 되고 결국 민간 회사의 손에 넘어가게 된 것입니다. 한국을 대표하던 기관투자가의 흥망성쇠와 궤를 같이했던 저의 직장 생활을 돌아보면서 우리나라 자본시장의 역사도 함께 돌아보는 계기가 되었으면 하는 바람에서 이 글을 시작합니다.

2.

우리나라
자본 국제화의
서막이 오르다

1981년 11월 19일은 목요일이었습니다. 그리고 그날 제가 몸담고 있었던 ㈜한국투자신탁은 우리나라 최초의 외수 펀드(외국인 전용 수익증권)인 KIT(Korea International Trust)의 발행에 성공했습니다. 저는 당시 개발의 산실이었던 국제업무실의 새내기 사원이었습니다.

이날의 기념비적 이벤트는 다음과 같은 당시의 시대적 배경이 있었습니다.

우리나라는 1980년대 이전까지 자본의 자유화는 매우 미미한 수준이었습니다. 1960년대부터 수출 주도 경제 개발

이 본격화되면서 외국 자본이 대거 유입되기는 했지만 자본
시장을 개방하지는 않았습니다. 해외 자본은 차관 형태로 도
입되었으며 국내 증권, 은행, 보험 등과 같은 자본시장에 투
자하는 것은 엄격히 통제되었습니다.

그러나 1970년대에 무리한 중화학공업에 중복 투자를 하
면서 부실기업이 속출했고, 여기에 제2차 석유 파동이 맞물
리면서 경제 상황은 심각한 수준의 위기를 맞게 됩니다. 그
결과 1978년 149억 달러이던 외채가 1983년에는 기하급수적
으로 불어나서 400억 달러를 넘어서는 등 심상치 않은 국면
이 전개되었던 것입니다. 이러한 상황을 극복하려면 자본 자
유화 정책을 펴는 것만이 살길이었습니다.

결국 이를 해결하기 위해 1979년에 경제 안정화 종합 시
책이 검토되었는데, 국내 자본시장 개방도 중요한 대책 중 하
나였습니다. 즉 외채를 더 이상 증가시키지 않으면서 자본을
도입할 수 있는 방법을 모색했던 것인데, 외국인 직접 투자의
확대와 자본시장의 개방을 통한 비 채무성 외자 도입을 적극
추진하는 것입니다.

이를 위해 정부는 1980년 9월에 '외국인 투자 유치 확대 방침'을 밝혔고, 1981년에는 '자본 자유화를 위한 국내 증권 시장의 점진적 대외 개방 방안'을 발표했습니다. 그리고 그 첫 단계로 '외수 펀드'의 발행 방침을 밝혔습니다. 외국인이 국내 증권 시장에 직접 투자하는 것을 허용하기 전에 국내 투자신탁회사가 발행한 수익 증권을 통해서 외국인이 국내 주식에 간접 투자할 수 있도록 허용한 것입니다.

정부는 당시 양대 투자신탁회사인 ㈜한국투자신탁과 ㈜대한투자신탁에 이 임무를 부여했고, 양사는 최초 고지 선점을 위한 무한 경쟁에 돌입했습니다. 당시 명동지점에 근무하고 있던 저는 개발팀 보강에 따라 8월 29일, 국제업무실로 발령을 받았습니다.

우여곡절 끝에 첫 결승점을 통과한 것은 저희 회사였습니다. 세계 최대의 언더라이터(Underwriter, 증권 인수업자)였던 CSFB(Credit Suise First Boston)을 주간사로 한 1,500만 달러 규모의 KIT(Korea International Trust)의 발행이 성공한 날, 밤샘 작업도 불사했던 당시의 기라성 같은 선배들은 모두 환호의 함성을 울렸습니다. 그리고 1주일 뒤인 1981년 11월 27일에 ㈜대한투자신탁이 두 번째 외수 펀드인 KT(Korea Trust)의 발행에 성공했습니다.

한국 자본시장 역사상 중요한 이정표를 세웠던 당시의 선배들은 이후 한국 자본시장을 대표하는 주요 인사로 거듭났습니다. 당시 코리언 페이퍼(Korean paper, 한국계 외화 증권) 거래의 중심을 이루었던 런던에서 명성이 자자했던 C선배, 후에 자산운용사 대표와 국민연금 CIO(Chief Investment Officer, 최고 투자 책임자)를 역임한 O선배, 또 다른 영국 금융 회사에서 활약했던 K선배, 선이 굵은 리더십으로 ㈜한국투자신탁 주식 운용부를 총괄한 후 자산 운용사 대표를 거친 P선배 등이 그들입니다.

그때 신입사원으로서 잔심부름을 하던 저는 펀드 발매 10년 후인 1991년에 어느새 1억 달러 규모로 성장한 그 펀드와 또 다른 1억 달러 규모의 외국인 전용 펀드인 KET(Korea Equity

Trust, 한국주식신탁)의 펀드 매니저로서 직접 운용을 담당했습니다. 그리고 1992년 초, 자본시장 자유화 2단계인 국내 주식 시장의 외국인 직접 투자 개방 현장의 산 증인이 되었고, 2018년까지 금융계 일선에서 근무하다 은퇴하고 지금은 대학으로 자리를 옮겼습니다.

그리고 1981년에 역시 신입사원으로 같이 호흡을 맞추었던 또 한 사람의 동료는 23년간 외국계 대형 자산 운용사 대표이사로 재직하면서 역대 최장수 CEO(Chief Executive Officer, 최고 경영자)라는 진기록을 남기고 2017년 말에 현역에서 은퇴했습니다.

ㅋ.

난생 처음 탄
비행기는 런던 행

1981년 말, 자본시장 국제화의 첫 단계인 외국인 전용 펀드의 발매가 성공적으로 마무리되자 우리나라 증권업계는 이제 본격적으로 자본시장 국제화에 대비한 준비를 서두르기 시작했습니다. 특히 국제 전문 인력을 양성할 필요가 어느 때보다 컸기에 ㈜한국투자신탁 역시 국제화의 첫 일익을 담당했던 자부심을 바탕으로 회사 차원에서 전력을 쏟기 시작했습니다.

국제 전문 인력을 양성하기 위한 프로그램인 '해외 연수'의 기회가 드디어 저에게 찾아왔습니다. 비행기라고는 처음

타보는 촌놈이 향한 곳은 런던이었습니다. 당시는 적성국가인 소련과 중공의 영공을 통과하는 것이 불가능한 시기여서 대부분 앵커리지를 경유해서 빙 돌아가는 장시간의 비행을 감수해야 했습니다.

1984년 1월 2일, 김포를 떠난 대한항공 비행기는 2시간 후에 일본 나리타공항에 도착했습니다. 5시간의 지루한 환승 대기 끝에 갈아탄 영국항공 비행기는 기수를 북동으로 돌려 앵커리지로 향했습니다. 앵커리지에서 급유를 마친 항공기가 런던 히드로공항에 착륙한 것은 새벽 5시 반, 장장 20여 시간에 걸친 대장정 끝에 런던에 도착했습니다.

세계 금융의 중심지가 미국 뉴욕이었음에도 불구하고 연수지에 런던이 포함된 것은 소위 Korean paper(한국계 외화 증권)의 거래 중심지가 런던이었기 때문입니다. 한국 경제 및 주식 시장의 잠재력에 대한 긍정적 평가를 내리고 적극적인 투자에 먼저 나선 것이 유럽의 기관투자가들이었기 때문에 런던이 Korean paper의 메카가 된 것은 자연스러운 일이었습니다.

런던의 금융 중심지는 '시티 오브 런던(City of London)'으로 널리 알려져 있습니다. 동서로는 런던 타워(London Tower)에서 세인트 폴(St Paul) 성당까지, 남북으로는 템스(Thames)강에서 런던 월(London Wall)에 이르는 1. 12 제곱 마일(2. 90 km²)의 극히 좁은 지역 안에 국제적 자본 시장, 상품 시장, 보험 시장 및 금융 시장이 집중적으로 형성되어 있습니다. 시티(the City)라고도 불리는 이곳에는 영란은행(Bank of England)을 비롯한 5,000여 개가 넘는 금융 기관이 밀집해 있으며, 하루 40만 명의 유동 인구가 북적이면서 신속한 커뮤니케이션, 다양한 서비스, 신속한 거래가 이루어지는 곳입니다.

1, 2월 평균 기온이 최고 8도, 최저 3도인 영국의 날씨는 을씨년스러웠습니다. 느닷없이 쏟아지는 소나기 때문에 모두 우산을 들고 다녔습니다. 겨울철에는 해가 일찍 지면서 5시만 되면 어둑어둑해졌습니다. 이미 주5일 근무제를 시행하고 있었기 때문에 주말에는 길에 관광객밖에 보이지 않았습니다.

선진국이라는 기대감을 품고 처음 접한 당시의 영국은 제가 보기에 활기를 잃은 나라였습니다. 국외자인 제 눈에는

마치 선조들의 옛 영광의 흔적을 팔아서 살고 있는 것은 아닌
가 하는 생각마저 들 정도였습니다.

당시 영국이 심각한 영국병(the British Disease)을 앓고 있을
때였다는 것을 귀국 후에 알았습니다. 1970년대 영국은 과도
한 사회복지와 노조의 막강한 영향력으로 임금이 지속적으
로 상승하고, 임금의 급상승은 생산성의 저하로 이어졌습니
다. 그 결과 경제 침체가 거듭되면서 소위 고복지·고비용··저
효율로 이어지는 만성적인 영국병에 시달리고 있었습니다. 급
기야는 1976년에 IMF(International Monetary Fund, 국제 통화 기금)
의 금융 지원을 받는 상황까지 벌어집니다. 그러나 1979년에
정권을 잡은 보수당의 마가레트 대처 수상은 '철의 여인'이라
고 불리며 과감한 개혁 정책을 추진하여 개혁을 성공적으로
이끌었습니다.

제가 런던에 도착한 때는 대처 수상이 석탄 노조의 대파
업에 단호하게 대처해서 만성적인 노사 분규에 철퇴를 가하
기 시작한 때였습니다. 그해 3월부터 무려 1년간의 장기 파업
이 이어졌다고 하니, 당시 분위기는 '폭풍 전야의 고요'였던

셈입니다.

어쨌거나 게스트 하우스에 여장을 풀고 업무 연수에 들어갔습니다. 3곳의 영국 자산 운용사와 증권 회사, 그리고 1곳의 일본계 증권 회사에서 보낸 2개월의 연수 시간은 순식간에 지나갔습니다. 터치스크린(touch screen)으로 간편하고 효율적으로 거의 모든 업무를 볼 수 있는 최첨단 전자 기기는 그때까지 신형 타자기를 신주단지 모시듯 끼고 있는 우리나라의 환경과는 너무도 달랐습니다.

별도의 리서치 팀이 생산하고 입력하는 투자 정보를 신속하게 검색할 수 있고, 같은 화면에서 언제든지 국제전화도 가능한 종합기지(station) 같은 장비도 있는가 하면, 한 세기 전에나 사용했을 법한 구형 전화기로 주문을 내는 모습이 자연스럽게 겹쳐지는 곳이 런던의 금융가였습니다.

모든 대외업무 관계는 오찬에서 이루어지고 직원들은 업무가 끝나면 곧바로 귀가했습니다. 이들의 업무 문화를 보면서 회식을 업무의 연속선상으로 이해하는 우리나라 직장 문화에서 오는 이질감도 느꼈습니다. 오후 3시 30분이면 문을 닫는 은행 창구, 5시가 되기 전에 영업을 종료하는 영국 최고의 해로드(Harrod) 백화점(지금은 밤늦게까지 영업한다고 들었습니다), 답답할 정도로 더디게 돈을 세고 또 세는 은행 창구 직원들, 이들과 거의 같은 속도로 계산을 하는 슈퍼마켓 직원들을 묵묵히 참으며 긴 줄을 서고 있는 사람들, 보행자가 무단횡단을 해도 일단 정지하고 손짓으로 먼저 건너보내는 차량 기사들.

종합병원에서 정밀 검사를 하고 수납하려고 주머니를 뒤졌지만 신용 카드는 물론 현금마저 없어 무척 난감했던 경험이 있습니다. 궁여지책으로 비용을 부담하기로 한 회사 중역의 명함을 보여주며 설명을 하자, 걱정하지 말고 퇴원하라는 원무과 직원의 말에 오히려 당황스러웠습니다. 당시 우리로서는 아직 경험하지 못했던 신용 사회의 한 면이 아닌가 하는 생각이 들었습니다.

무엇보다도 저의 선입견을 여지없이 깨뜨린 소중한 경험은 영국계 자산 운용사의 펀드 매니저들과 인사를 나누고 담소를 하던 중에 있었습니다. 이야기를 나누다 보니 이들이 하나같이 모두 인문학 전공자인 점을 알게 되었습니다. 경영학이나 경제학을 전공한 사람이 펀드 매니저에 더 적합한 것 아니냐는 제 질문에 "펀드 운용은 상상력의 나래를 펴는 예술(art)이니만큼 그다지 상관이 없다."는 답이 돌아왔습니다.

후에 되돌아 보니 이들의 말은 정말 틀림이 없었습니다. 최진석 교수의 저서 『인간이 그리는 무늬』에 적확한 표현이 나옵니다. 인문(人文)이란 '인간의 무늬'를 말합니다. '인간의 결' 또는 '인간의 동선'이라 부를 수도 있을 것입니다. 그리고 인문학이란 '인간이 그리는 무늬'를 탐구하는 학문입니다. 인문학을 배우는 목적도 '인간이 그리는 무늬의 정체와 인간의 동선을 알기 위함'이라고 할 수 있습니다.

이런 의미에서 증권 시장도 인간이 만들어나가는 것인 만큼 단순한 경제 또는 경영의 논리보다는 더욱 원론적인 인간의 동선에 대한 통찰력이 더욱 중요하다는 생각은 매우 큰 깨달음이었습니다. 실제로 1990년대 초에 시대를 풍미했던 탁월한 펀드 매니저 중에는 영문학을 전공한 저의 대학 후배도 있었습니다. 그 후배는 펀드 매니저 미팅 때 경제를 읽는 흐름이 탁월했습니다. 또한 우리나라 주식 시장에서 대외적으로 직접 개방을 할 때, 외국 투자가들의 저(低) PER(Price-Earning Ratio, 주가수익비율)주식의 편식 경향을 누구보다 빨리 읽어내고 소신 있는 포트폴리오를 과감하게 구성해서 내놓았습니다. 이와 같은 그의 능력은 인문학적 통찰이 뒷받침되어 있지 않다면 취할 수 없는 행동이었습니다.

그다지 길지 않은 2개월의 해외 연수에서 느낀 점은 특정 목표를 달성하기 위한 업무 연수도 필요하겠지만 견문을 넓히는 연수 역시 전혀 무용지물은 아니라는 것입니다. '사랑하는 자녀에게는 여행을 시켜라.'라는 말이 있습니다. 여행을 통해 참고의 틀(Frame of reference)이 넓어지고, 이는 인식의 확대를 가져올 것이기 때문입니다.

오래전에 읽었던 『주식회사 장성군』이라는 책의 내용입니다. 전라남도의 작고 외진 마을에 불과했던 장성군을 '혁신의 아이콘'으로 탈바꿈시킨 민간기업 CEO 출신 군수가 군(郡)의 운영을 획기적으로 변화시킨 실화입니다. 변화를 위한 여러 개혁 조치 중 하나로 '해외 배낭 연수 제도'가 있었습니다. 직원의 해외 배낭여행 비용을 군(郡)이 절반 부담해주는 프로그램이었습니다. 연수 기간 중의 견문이 군 업무의 혁신에 많은 영향을 끼쳤음을 실증하고 있었습니다. 우리에게도 많은 참고가 되리라 생각합니다.

4.

It's a small world

1983년 초, 회사 건강검진에서 급성 B형 간염 판정을 받았습니다. 당시에는 '간염'이라는 병명 자체가 생소하던 시절이어서 날벼락 같은 결과였습니다. 잘 먹고 잘 쉬어야 한다면서 세브란스 병원에 1주일간 반강제로 입원까지 했습니다. 곧 안정되었던 병세는 1983년 하반기에 2차 외국인 전용 펀드 설정 작업으로 야근이 이어지면서 간 관련 수치가 다시 나빠지는 상황으로 변했습니다.

그 와중에 ㈜한국투자신탁에서 진행하는 국제 전문 인력 양성을 위해 마련한 해외 연수 프로그램에 제가 사원 최초로 선발되었습니다. 병의 치료를 위해 연수 출발 시기를 늦취 주십사는 요청을 했지만 담당 부장은 고개를 저었습니다. 하는 수 없이 1984년 정초에 런던 행 비행기를 탔습니다.

혹시나 연수받는 태도에서 몸을 사리는 것처럼 오해를 받을 수 있겠다 싶어서 영국 회사에 급성 간염 보균자임을 밝혔습니다. 갑자기 주위 반응이 냉랭해졌습니다. 같이 식사하기도 꺼려하는 것이 느껴졌습니다.

그때 그 회사의 이사가 제게 정밀 검진을 받아보라고 권했습니다. 저는 2달 후면 주치의가 있는 한국으로 돌아가니 괜찮다고 사양했지만 며칠 후 그 이사가 다시 이야기를 꺼내서 거듭 사양했습니다. 그러자 그다음 날 이사는 저를 이렇게 설득했습니다. "우리가 당신에게 투자한다고 생각하면 안 되겠는가?"

저를 설득한 이사의 소개로 당시 간 치료의 세계적인 권위자가 있는 런던 근교의 King's College Hospital을 찾았습니다. 결국 의사의 검진 소견서에 따라 런던 중심부에 있는 크롬웰 병원(Cromwell Hospital)에 2차 정밀 검사를 하기 위해 입원했습니다. 주 고객이 아랍의 부호들인 호화로운 병원이었습니다. 고가의 검사비는 그 회사가 지불했습니다. 아직 급성이라는 결과가 나왔지만 그럼에도 이사는 저를 자신의 집으로 초대해서 가족을 소개하기까지 했습니다. 영국에서는 상당히 이례적인 일이라고 들었습니다.

그리고 10년이 지난 1994년 말에 ㈜한국투자신탁 초대 홍콩 사무소장으로 발령을 받았습니다. 저는 의욕적으로 온갖 세미나와 설명회에 참석했습니다. 1년 동안 받은 명함이 1,000장이 넘었습니다.

어느 날, 세미나에서 알게 된 현지 증권 회사 직원(Stockbroker)이 거래를 제의하기 위해 찾아왔습니다. 그 사람이 자신의 회사를 소개하는 도중에 제가 다급하게 말을 끊게 되었습니다.

"지금 회사 대표이사가 Mr. David McKay라고 했습니까? 그분 혹시 80년대 초에 London W. I. Carr에 director로 근무하시던 분 아닙니까?"

증권 회사 직원의 두 눈이 똥그래졌습니다. 저는 다시 확인하듯 물었습니다.

"그럼 Mr. Richard Bradley도 아십니까?"

"저희 회장님이십니다."

"그렇군요, 가서서 전해주십시오. 1984년 초에 런던에서 연수 받은 KITC의 Mr. S. J. Lee를 기억하시느냐고."

태국에 있는 그 회사의 방콕 본사에서 난리가 났습니다. 당장 홍콩으로 회장과 사장이 날아오겠다는 것을 극구 말렸습니다. 당시 KITC(한국투자신탁)은 1억 달러 규모의 동남아 투자 펀드를 홍콩 현지에서 운용하고 있었습니다. 그 이후의 스토리는 여러분이 익히 짐작하시리라 생각합니다. 아시아에서 온 촌놈한테 베풀었던 선의의 투자가 10년 만에 수십 배의 수익(return)으로 돌아온 것입니다.

그렇습니다. 세상은 정말 좁습니다.

5.

신뢰의 배당(Trust dividend)과
신뢰의 세금(Trust tax)

오래전 홍콩에서 근무할 때의 일입니다. 당시 홍콩에는 골프장이 단 3개밖에 없었습니다. 그나마도 멤버십은 거의 홍콩에 진출해 있는 다국적기업 내지는 외국 금융관의 독차지였습니다. 뒤늦게 일기 시작한 홍콩인들의 골프 열기에 부응하여 홍콩 정부는 카우시차우(Kau Sai Chau)섬에 거액을 들여 퍼블릭(public, 공공) 골프장을 지었습니다. 훌륭한 경관과 시설, 그리고 저렴한 요금으로 개장 초기부터 홍콩인들의 사랑을 듬뿍 받은 골프장이었습니다.

퍼블릭 골프장은 홍콩인들은 물론 홍콩에 거주하고 있

는 외국인에게도 차별 없이 개방했습니다. 단 입장할 때는 홍콩 ID(거주증명서)와 홍콩 골프협회가 발행하는 핸디캡 증명서를 반드시 제시해야 했습니다. 몇 차례 퍼블릭 골프장을 이용하면서 저는 소위 신뢰의 배당(Trust dividend)과 신뢰의 세금(Trust tax) 모두를 경험하게 되었습니다.

퍼블릭 골프장은 홍콩섬 반대쪽에서도 배로 한 시간 이상 걸리는 섬에 조성되어 있어서 당연히 쉽게 오갈 수 있는 거리가 아닙니다. 어느 날 서둘러 나오다가 홍콩 ID를 놓고 온 것을 배를 타고 나서야 알아차렸습니다. 당황스러웠으나 어떻게 되겠지 하는 마음으로 골프장 입구에 들어섰습니다. 현지인 직원은 홍콩 ID가 없으면 입장이 안 된다고 잘라 말했습니다. 영국인 매니저에게도 역시 같은 답만 돌아왔습니다.

홍콩 ID 제시의 목적이 본인 확인 차원이라고 생각되는 만큼 명함이나 신용 카드로 확인할 수 있지 않겠느냐는 저의 제의에도 고개를 저었습니다. 궁리 끝에 그러면 집에 전화해서 홍콩 ID를 fax로 보내도록 하겠다고 해도 역시 같은 대답이었습니다. 홍콩 ID와 핸디캡 증명서를 제시하는 것이 이곳의 규칙이니만큼 반드시 지켜야 한다는 일관된 답만 되풀이할 뿐이었습니다.

어쩔 수 없이 발길을 돌릴 수밖에 없었지만 이러한 융통성 없는 업무 태도에도 불구하고 언짢은 기분은 들지 않았습니다. 당시 중국에 반환되기 전, 홍콩이 채택하고 있던 영국식 사회 시스템을 경험하면서 신뢰가 쌓여 있었기 때문입니다.

우리나라의 감사원장에 해당하는 홍콩의 고위 인사가 음주 운전으로 자진 사퇴하는 것을 지켜본 경험이나, 손님을 배웅하기 위해 공항으로 가다가 길을 놓쳐서 차선 위반으로 단속됐을 때 급하다는 제 말에 경찰이 친절하게 공항까지 에스코트해주던 경험들이 이어지면서 홍콩 사회에 대한 신뢰의 배당이 많이 쌓여 있었습니다.

그런가 하면 비싼 신뢰의 세금을 납부하는 상황을 지켜보기도 했습니다. 홍콩 골프협회는 핸디캡 증명서의 발급 요건으로 다른 골프장에서 기록한 스코어 카드 4장을 요구하고 있습니다. 적어도 일정 수준 이상의 실력은 되어야 한다는 취지입니다. 그렇다고 빼어나게 잘 치는 것을 요구하는 것도 아닙니다. 단지 원활한 진행을 방해만 하지 않으면 되는 것이지요. 실제로 평균 100타를 넘는 스코어 카드를 제출했는데도 별 문제 없이 핸디캡 카드를 발급받은 지인들도 여럿 보았습니다.

문제는 우리나라 사람들이 뜬금없는 허영심으로 터무니없이 낮은 핸디캡을 적어내서 결국 망신을 당하고, 거액의 신뢰의 세금을 납부하는 안타까운 장면을 보게 된 것입니다. 이제 겨우 초보를 면한 사람들이 엉뚱하게도 80타 전후로 기재된 스코어 카드를 제출하는 붐이 일면서 너도 나도 허위 스코어 카드를 제출하기에 이르렀습니다. 결국 이들의 허위가 하나둘 발각되면서 한국인에 대한 총체적인 불신까지 이어지게 되었습니다.

퍼블릭 골프장에는 영국인 Marshal이 코스 군데군데 자리 잡고 원활한 진행을 감독, 독려하고 있습니다. 어느 날 이들 Marshal 눈에 우왕좌왕하는 팀이 눈에 띄었습니다. 이상하다는 생각에 핸디캡 카드 제시를 요구했는데 이들의 핸디캡 카드가 바로 80타 초반의 허위 발급 카드임이 드러나서 이들은 그 자리에서 바로 퇴장 당했습니다. 이러한 낯 뜨거운 장면은 이들 한 팀에 국한된 것이 아니었고, 결국 입소문이 돌면서 한국인 골퍼 전체가 의심을 받는 상황에까지 이르게 되었습니다.

이렇게 잃어버린 신뢰를 회복하기 위해서는 얼마나 많은 시간과 노력이 필요한 것일까요? 이들의 빗나간 욕심에서 비롯된 불신은 골프장 안에서만 부과되는 신뢰의 세금만이 아닐 것입니다. 모든 한국인의 경제 활동이나 사회 활동에 대해서도 그 여파가 만만치 않았을 것으로 짐작됩니다.

모든 신뢰는 자신에서부터 시작됩니다. 신뢰는 외부로부터가 아니라 자신의 내면에서 시작하여 퍼져가는 것입니다. 연못 한가운데 물방울이 떨어져 동심원을 그려 나가듯 우리의 개인적인 신뢰성은 모든 관계, 팀, 조직, 시장, 사회로 퍼져 나갑니다. 『신뢰의 속도』의 저자 스티븐 M. R. 코비의 말이 가슴에 와 닿습니다. 그렇습니다.

신뢰의 속도보다 빠른 것은 없습니다.

6.

그때 그 책
– 그늘에 가려진 주식을 찾아서

며칠 전 인터넷에서 자료를 검색하던 중 눈에 익은 문구
가 한눈에 들어왔습니다. '그늘에 가려진 주식을 찾아서'

고객 상품 센터장인 H 증권 회사의 상무가 그 회사의 리
서치 센터장으로 근무하면서 2010년 9월 9일자 매일경제신문
에 〈스몰 캡, 숨은 진주를 고르는 법〉이라는 제목으로 기고
한 칼럼에 인용한 문구였습니다.

그 칼럼의 도입부입니다.

90년대 초 애널리스트(analyst, 분석전문가)로 입문할 즈음 읽은 책 하나가 어렴풋이 기억난다. 『그늘에 가려진 주식을 찾아서』라는 번역서로, 시장에서 소외돼 있는 주식이 잘 알려진 주식보다 훨씬 큰 수익을 가져다준다는 내용이었다. 그러나 현실은 거의 정반대. 이미 잘 알려진 대형주에 대한 애널리스트나 투자자들의 편애가 심하고, 중소형주는 찬밥 신세인 경우가 많다. (이하 생략)

그가 전 직장인 대우증권의 애널리스트 시절인 2007년 10월에 쓴 〈그늘에 가려진 저평가 주식을 찾아서 − 국제약품〉이라는 제목의 투자 리포트도 같이 검색되었습니다. 그는 '그늘에 가려진 주식'이라는 개념을 즐겨 사용하는 것으로 보였습니다.

뜻하지 않게 마주친 반가운 문구는 저를 22년 전으로 추억 여행을 떠나게 했습니다. 『그늘에 가려진 주식을 찾아서』는 1994년 7월 20일, 당시 ㈜한국투자신탁 조사 연구실의 경제 조사팀장이던 제가 완역해서 회사 이름으로 출간한 책 이름입니다.

그 당시 ㈜한국투자신탁은 방대한 양의 도서를 구비한 도서관을 갖추고 있었습니다. 1년에 2,000만 원이 넘는 도서 구입비로 구입한 각종 도서 중에는 해외 연수를 마치고 귀국한 직원들이 구입해 온 원서들도 많았습니다.

어느 날 도서관에서 NYIF(New York Institute of Finance)에 연수를 다녀온 후배가 증정한 책이 눈에 들어왔습니다. 『*In the Shadows of Wall Street : A Guide to Investing in Neglected Stocks*』이라는 제목의 책입니다. Paul Strebel과 Steven Carvell의 공저인 이 책을 펼쳐본 순간 '바로 이 책이다!'라는 느낌이 강하게 들었습니다. 그것은 조사 연구실에서 근무하기 직전에 펀드 매니저로서 일했던 경험상 발휘된 직감이었습니다.

저는 즉시 번역 작업에 들어갔습니다. 그러나 업무와 번역을 병행하기는 쉽지 않았습니다. 그래도 상황을 극복하기 위해 애쓰며 더디게 번역 작업이 진행되던 중 뜻하지 않은 일이 발생했습니다. 저희 팀이 발행을 주관하고 있는 〈월간 투자신탁)지에 논문을 기고하기로 했던 모(某) 박사가 원고 마감을 불과 1주일 남기고 개인적인 사정으로 원고 기고를 포기하겠다고 한 것입니다. 다른 도리가 없어서 급한 김에 제가 번역하고 있던 내용으로 해당 지면을 대체하게 되었습니다.

일단 급한 불은 껐으나 자료의 연속성을 위해 다음 내용을 계속 연재할 수밖에 없는 상황이 되고 말았습니다. 하는 수 없이 시간을 쪼개어 번역에 집중할 무렵, 이번에는 또 다른 돌발 상황이 끼어들었습니다. 주식 운용부에서 급하게 번역을 요청해온 것입니다. 당시 우리나라의 주식 시장에서는 '엘리어트 파동이론(Elliott Wave Theory)'이 갑자기 시장 분석 툴(tool, 도구)의 대세로 급부상하고 있었습니다. 그러나 시중에는 관련 서적은 물론 번역서도 하나 없는 상황이었습니다. 지금은 제목이 기억나지 않는 그다지 두껍지 않은 원서의 번역을 서둘러 마쳐서 비매품 단행본으로 발행하고 나서야 다시 원래의 작업으로 돌아오느라 아쉽게도 시간이 많이 지체되었습니다.

가까스로 모두 6편에 걸친 연재를 마치고 한 숨 돌리고 있던 어느 날, 2군데 증권회사의 법인 영업부장이 각각 저를 찾아 왔습니다. 〈월간 투자신탁〉지에 연재된 내용이 매우 유익해서 도움이 많이 되었다고 했습니다. 그래서 자신들이 관리하고 있는 법인의 영업 대상 기관투자가들에게 제공하면 좋을 것 같아서 제대로 된 책자로 만들고 싶은데, 허락해줄 수 있느냐는 것이었습니다. 특별히 상업적으로 판매를 염두에 두고 있는 것은 아니었기에 '한국투자신탁 발간 자료'임이 명기되어야 한다는 조건으로 승락했습니다.

이후 번역 주체의 오리지널리티(Originality)를 살리기 위해서 저희 회사에서도 책으로 묶기로 했습니다. 그리고 그 결과물이 바로 1994년 7월 20일자로 발간한 『그늘에 가려진 주식을 찾아서』입니다. 당초 책의 제목으로 고려했던 '소외주 분석(疏外株 分析)'은 느낌이 너무 딱딱해서 원제(原題)의 느낌도 그대로 살릴 겸 1980년대 인기 영화 인디애나 존스 시리즈였던 〈잃어버린 성궤를 찾아서Raiders of the Lost Ark〉의 영화 제목을 차용해서 '그늘에 가려진 주식을 찾아서'로 정한 것입니다.

이 책은 업계에 생각보다 많은 화제를 뿌리면서 전파되어 나갔습니다. 박사학위 및 석사학위 논문에서도 여러 차례 인용되었습니다. 제가 홍콩 사무소장 시절에 같이 부임한 직원도 그 책으로 공부를 한 적이 있다고 머리를 긁적이며 말하기도 했습니다. 그리고 위에 언급한 모 증권회사의 리서치 센터장 역시 애널리스트 경력 초기에 본인의 투자 개념 설정에 이 책이 참고가 되었다고 회고했습니다. 알고 보니 그 상무는 저의 대학 11년 후배였습니다. 제가 비록 업계를 떠난 지 오래되었지만 언제 그 후배와 연이 닿는다면 그 책으로 이어진 인연을 맺는 것도 나쁘지 않겠다는 생각을 했습니다.

7.

위기를
기회로

2001년 9월, 직장생활 20년 만에 첫 위기를 맞았습니다.
회사의 주요 보직인 준법감시인(Compliance Officer)에서 지역 본
부장 겸 지점장으로 발령을 받은 것입니다. 겸임하는 지역 본
부장의 역할보다는 지점 실적이 더 중요한 상황에서, 당시 그
지점의 실적은 72개 영업점 중에서 69위였습니다. 모두들 좌
천으로 받아들였습니다. 큰 충격이었습니다. 전임 지점장들은
명예퇴직 아니면 보직 해임 상태였고, 직원들은 순환 보직 발
령으로 어서 빨리 지점을 탈출하기만 기다리고 있었습니다.

저에게는 상황을 정리하고 본궤도에 다시 올라탈 수 있는

절대적인 시간이었습니다. 준법감시인 시절에 서울대 AMP과정(Advanced Management Program, 최고경영자과정)에 연수를 보냈던 차장이 연수 중이었음에도 부름에 기꺼이 응해 합류했습니다. 영업 경력이라고는 신입사원 시절 5개월, 초임 대리시절 6개월이 고작인 이사(理事) 직함 초짜 지점장에게 그 후배는 '영업은 무조건 1등'이라는 정신을 각인시켜 주었습니다.

무엇보다 흐트러진 조직을 추스르는 것이 급선무였습니다. 우선 입사 동기였던 인사 부장의 도움으로 지점의 오랜 숙원 과제였던 노장 일꾼인 여직원의 정규직 전환을 성사시켰습니다. 그러자 직원들이 조심스럽게 믿음을 주기 시작했습니다. 이어서 직원들과 가족들의 생일, 결혼기념일을 챙기기 시작했습니다. 이미 저의 트레이드마크가 된 가족동반 회식도 이어졌습니다. 직원들의 평소 식사를 알뜰히 챙기는 구내 식당 아주머니들도 같이 초대했습니다.

직원들과 고객들을 챙기는 데는 많은 비용이 들어갈 수밖에 없었기에 빠듯한 업무추진비를 얼마만큼 효율적으로 사용을 해야 할지에 대한 고민이 커졌습니다. 만기 도래를 앞

둔 거액의 고객 분들에게는 마침 대폭 할인에 들어간 고급 양주의 대명사인 조니워커 블루(Jonnie Walker Blue)를 선물했습니다. 일반 고객 분들에게는 책과 CD를 선물했습니다. 제가 신중하게 골라 증정한 책을 읽고 감명을 받은 고객이 주위에 있는 다른 고객에게 전하면서 고객들 사이에서 다시 대량으로 선물하는 일도 생겨났습니다.

부족한 업무 추진비를 상쇄할 방법을 찾던 중 좋은 소스(source)를 하나 찾아내어 효과를 본 경험도 있었습니다. KBS 고참 PD였던 고교 친구의 도움으로 〈열린음악회〉 초대권과 〈이소라의 프로포즈〉 초대권을 구한 것입니다. 법인 고객들에게도 선물하고 가족동반 회식 때도 사용했는데 반응이 뜨거웠습니다. 이후 직원 회식 때 Jonnie Walker Blue 2병을 함께 나누면서 외쳤습니다. "All of you deserve to drink it! Cheers!" 지점 분위기가 살아나면서 조금씩 생기를 되찾기 시작했습니다.

직원들의 사기가 높아지는 것을 확인한 저는 선·후배 동창들을 직접 찾아 나섰습니다. 그동안 한 번도 저 자신의 영업

실적 때문에 투자를 강권하며 괴롭힌 적이 없었지만 조마조마한 마음으로 그들을 마주했을 때 감사하게도 모두 자신의 일처럼 도와주었습니다. 모 대형 보험사 자산 운용 담당 상무인 지인이 거액을 예치해주었습니다. 이 일로 대우그룹 채권을 편입한 펀드의 손실이 커져서 문책성 조치로 출입 금지를 당했던 법인 영업부가 벌컥 뒤집혔습니다. 그러자 직장 내 대학 후배들도 발 벗고 나섰습니다. 거액의 자금이 계속 유입되었습니다.

자수성가로 거부가 된 고교 동창도 거액의 개인 자금을 맡겨주었습니다. 친구 스스로 철저히 지켜온 동가홍상(同價紅裳, 같은 값이면 다홍치마)의 원칙도 잠시 접어두고 말입니다. 유치해 온 자금을 직원들이 훌륭하게 관리하면서 추가 자금이 유입되기 시작했습니다. 오랜만에 자신들의 능력치를 한껏 올릴 수 있는 기회를 잡게 되자 직원들의 눈빛이 달라지기 시작했습니다. 어느새 지점 실적이 최상위권을 오르내리기 시작했기 때문입니다.

그리고 제가 부임한 지 9개월 만에 지점은 전국 최우수

지점으로 선정되었습니다. 시상식에서 모든 참석자들의 기립 박수를 받으면서 직원들은 추가 성과급의 기쁨도 함께 누릴 수 있었습니다. 순환 보직 발령만을 기다리던 직원들이 이제는 자진해서 머물기를 원하는 환경으로 바뀌었습니다. 최우수지점 상으로 받은 포상금은 전 직원이 가족을 동반한 설악산 가을 단풍 여행비로 쓰였고, 저는 그 여행을 끝으로 그 지점을 떠났습니다.

위기는 얼마든지 기회로 반전시킬 수 있다고 생각합니다. 만일 그때 순탄한 길이 계속 이어졌다면 저는 '서서히 끓는 물속의 개구리'가 되었을지도 모릅니다. 상무로 승진하지 못하면 50세 명예퇴직이 묵시적으로 자리잡아가던 그때, 만 47세였던 제가 재평가한 자신은 이미 경쟁력을 상실한 존재였습니다.

제 나이 또래에는 제법 했다는 영어도 원어민 수준의 인력이 즐비한 상황에서는 더 이상의 강점이 되지 못했습니다. 탁월한 펀드 매니저들이 우후죽순처럼 나타나는 시기에 저의 과거 펀드 운용 경험과 지식은 더 이상 내세울 바가 아니었습니다. 하물며 조사부 경력 역시 뛰어난 젊은 애널리스트 들이 즐비한 시장에서 더 이상 저의 강점이 아니었습니다.

결국, 처절한 자기반성 끝에 내린 결론은 '이대로는 안 되 겠다.'는 것이었습니다. 제가 선택한 길은 다시 배움의 길로 들어서는 것이었습니다.

그때의 다짐은 2005년에 본격적으로 프랭클린 플래너 (Franklin Planner, 시간관리용 수첩)를 사용하기 시작하면서 구체 화되어 독서 카운트 2,200권을 이루게 했습니다.

그리고 18년이 지난 지금, 저는 37년간의 대학과 기업에 서의 생활을 마무리한 후 다시 대학에 출강하면서, 2012년에 취득한 기업전문코치 자격증을 바탕으로 기업의 임직원을 대 상으로 코칭을 하고 있습니다. 블로거로서 독자와 소통하고 있고, 뜻을 같이하는 대학 후배들과 함께 유튜버로서 데뷔 준비도 하고 있습니다.

돌이켜보면 18년 전의 충격적인 낙마는 제 인생의 중요한 터닝 포인트(turning point)로 작용했습니다. '기회는 위기의 가면을 쓰고 찾아온다.'는 말처럼 인생의 중요한 시점에서 자신을 진지하게 성찰할 수 있는 기회가 되었기 때문입니다. 자유인으로서 본격적인 인생 2막을 열어가고 있는 제가 좋아하는 구절을 선물로 드리고 이 글을 맺을까 합니다.

행운은 준비된 자에게 나타나는 정직한 우연이다.

8.

리서치 센터장으로
본사에 돌아오다

준법감시인 시절이던 2001년 9월, 200억 원 소송의 2심에
서 패소한 것이 빌미가 되어 대표이사의 눈 밖으로 나면서 강
서 지역 본부장 겸 영등포 지점장으로 좌천되었습니다. 최악
의 상황에 처해 있던 지점을 1년이 채 안 되어 전국 최우수
지점으로 부활시키면서 저는 서서히 다시 살아나기 시작했습
니다. 그리고 그 이후 2개 지역본부장 겸 지점장, 본점 영업부
장을 거친 후 2년 6개월 만인 2004년 4월 리서치 센터장으로
본사에 복귀했습니다.

어렵게 자리로 돌아와 보니 무슨 연유에서인지는 몰라도

리서치 센터는 그 전년도 본부 부서 평가에서 최하위에 머물렀다고 하며, 분위기는 축 가라앉아 있었습니다. 가뜩이나 개인주의적 성향이 강한 애널리스트들은 각자의 셀(Cell, 자기만의 공간)에 박혀서 좀처럼 밖을 내다보려고도 하지 않았습니다.

무언가 특단의 대책이 필요했습니다. 직원들에게 스티븐 런딘의 『펄떡이는 물고기처럼』을 선물했습니다. 활기찬 조직문화를 만들고 싶다는 제 뜻을 전달하기 위해서였습니다. 학력이 높고 자긍심이 강한 애널리스트들을 Cell 밖으로 이끌어내기 위해 이미 저의 트레이드마크가 된 생일, 기념일 행사를 수시로 열었습니다. 그럼에도 좀처럼 회복되지 못하는 환경은 조직을 새롭게 정비하려는 저에게 몹시 힘든 과제였습니다.

좀 더 특별한 기회가 필요하다고 생각한 저는 1박 2일 워크숍을 기획했습니다. 먹고 마시기에 그치는 구태를 벗자고 제안하면서 스티븐 코비 박사의 『성공하는 사람들의 7가지 습관』으로 독서토론 시간을 갖자고 했습니다. 우리 모두에게 각자 동기 부여의 기회가 되기를 원했기 때문입니다. 그리고 워크숍 장소를 섭외하고 진행을 추진하는 과정은 모두 젊은 직원들에게 위임했는데, 그 과정은 사소한 일이라도 전적으로 업무를 위임 받은 구성원들의 행동이 어떻게 달라질 수 있는지 보여준 대표적인 경우가 되었습니다. 이때의 젊은 직원들이 지금은 한국을 대표하는 Strategist(전략가)가 되었습니다. 금융 부문 베스트 애널리스트, 모 증권사 IB(Invstment Bank) 본부장, 투자 자문사 대표, 채권 부문 전문가 등으로 성장했음은 결코 우연한 일이 아닙니다.

일터의 환경을 새롭게 하기 위해 총무부장에게 부탁해서 센터 사방에 서라운드 스피커를 설치하고 누구든지 본인이 원하는 음악을 CD로 가져와 듣게 했습니다. 애널리스트들이 스피커의 음악에 익숙해질 무렵, 영업부에서 국민체조 CD를 구해왔습니다. 어느 날, 난데없는 국민 체조 음악 소리에 모두 어리둥절해 했습니다. 스피커에서 흘러나오는 구령 소리에 맞춰 한두 명이 어설프게 따라 하기 시작했습니다. 하루를 가벼운 체조로 시작하는 것이 얼마나 유익한지는 본인들 스스로가 더 잘 알고 있었습니다. 그날 이후 리서치 센터는 매일 8시 30분에 국민체조로 일과를 시작했습니다. 체조를 위해 일어나다 보니 자연스럽게 서로 아침 인사도 나누게 되었고, 나중에는 옆 본부 직원들도 슬그머니 동참했습니다.

저녁 회식이 있는 날이면 이동의 꼬리가 길었습니다. 먼저 출발한 그룹과 마지막으로 출발한 그룹의 도착시간 차이가 무려 30분이 넘었습니다. 물론 각자의 업무 때문이긴 하지만 분명히 조정이 필요했기에 회식 시간을 앞당겨서 5시 30분에 시작했습니다. 주량은 본인이 알아서 양껏, 야근이 필요한 사람은 복귀하도록 하되 공식적인 시작과 끝은 한 동아리처럼 일정한 체계를 지키도록 했습니다. 동료들은 맥주잔의 2/3를 소주로 채운 '마감 원 샷'을 지금도 이야기하며 웃음꽃을 피웁니다.

센터의 새로운 틀을 정비하는 과정에는 혁신도 필요했지만 전임 센터장들이 이어온 전통도 존중하며 나아가기로 했습니다. 특히 센터 내 보직 이동 경로에 관한 관례는 그 자체가 타당성이 충분하므로 일관성을 유지하기 위해서 3개 팀장에게 전권을 위임했습니다. 각 팀 내의 상황을 충분히 파악해서 건의를 해오면 거의 그대로 수용했습니다. 심지어는 결원에 따른 업무 분장도 팀장들의 의견을 존중했습니다.

1993년 이후부터는 저의 트레이드마크가 된 가족동반 회식을 시작했습니다. 그러나 뮤지컬 관람과 패밀리 레스토랑에서 하는 식사 한 번으로 쥐꼬리만 한 부서의 경비가 동이 났습니다. 궁즉통(窮則通, 궁하면 통한다)이라고 했던가요? 30년이 넘는 도매상 경력으로 주요 특급 호텔에 납품하시는 직원 부친께 부탁드려서 최고급 한우를 원가에 구했습니다. 가족 모두를 초대한 난지 캠핑장에서의 야유회 바베큐 행사에서 모두의 혀를 녹였던 한우 맛을 지금도 잊지 못합니다.

저의 진심이 통했는지 구성원 모두가 서서히 마음을 열기 시작했습니다. 리서치 센터의 분위기도 점차 활기를 띄기 시작했습니다. 그리고 2004년도 본부 부서 평가가 시작되었습니다. 담당 대리가 동분서주하는 모습이 자주 보였습니다. 우리가 이렇게 달라졌다는 모습을 제대로 평가받기 위해서 평가 위원들과 설전을 마다하지 않는다는 소문도 들려왔습니다. 그리고 결과가 나왔습니다. 26개 본부 부서 중 2위였습니다. 센터 내 애널리스트들의 높은 사기를 반영한 결과였다고 생각합니다.

그 동료들이 성장해서 이제는 한국을 대표하는 애널리스트들로 자리매김하고 있습니다. 기획재정부 사무관으로 특채된 케이스까지 나왔습니다. 어느 조직을 맡건 저의 생각은 항상 같습니다.

"우리는 지금 잠깐 만났다 헤어지는 사이가 아니다. 우리는 긴 안목으로 서로가 서로의 발전과 성장에 도움이 되자."

이제 모두 각자 다른 회사 또는 조직에서 중추적인 역할을 담당하고 있지만 가끔 서로 얼굴을 봅니다.

특히 지난 2014년의 어느 일식집에서 가진 OB(old boy)모임은 특별했습니다. 지방 근무와 출장 그리고 휴가 등으로 참석하지 못한 동료를 제외한 10여 명이 한자리에 모였습니다. 저의 환갑을 축하해주기 위한 자리였습니다. 한 사람을 제외하고는 이제는 모두 각자 다른 회사에서 중견 간부로서 중책을 맡고 있는 면면이 자랑스러웠습니다. 이들 후배들이 모든 모임 비용을 부담하고 각자 세련된 선물까지 준비해주셨습니다. 매우 감사한 일입니다.

일전에 인코칭 홍의숙 대표께서 신간 『리더의 마음』에서 강조하신 구절에 전적으로 동감합니다.

리더십은 자질이 아니라 마음이다.

9.

강의 평가의
패러독스

2008년 4월, 첫 직장인 ㈜한국투자신탁을 떠났습니다.
대학 졸업 후 1년 반 동안 고시공부를 더 하다가 중도 포기
하고, 뒤늦게 입사한 후 만 54세가 되기까지 28년을 다녔으니
그만하면 꽤 오래 다닌 셈입니다. 1981년 2월에 고시를 포기
하고 학교를 찾았을 때, 마침 추가 모집 공고가 나붙어 있어
서 응시했던 것이 평생 인연으로 이어졌습니다.

제가 입사할 당시만 해도 ㈜한국투자신탁은 운용 자산
규모가 3,000억 원에 불과했지만 시장 경제의 흐름 속에서
36조 원의 기관투자가로 급성장하며 한국을 대표하게 되었습

니다. 그러나 결국 정부의 증권 시장 관련 정책의 실패로 희생양이 되어 고전을 면치 못하다가 민간 기업에 매각되기까지 저는 흥망성쇠의 산증인이 되었습니다.

그러나 저 개인적으로는 성장형 회사에서 받을 수 있는 거의 모든 혜택을 받은 것에 감사해야 한다는 저의 어머니 말씀에 전적으로 동감합니다. 사원 최초의 해외 연수(영국), 최초의 해외 학술 연수(미국), 초대 해외투자부 과장, 초대 리스크 관리팀장, 초대 컴플라이언스실장, 초대 준법감시인 등 최초 및 초대(初代)의 타이틀이 유난히 많은 것은 역동적인 성장형 회사였기에 가능한 일일 것입니다. 이 밖에도 연수 기간 3개월에 1,000만 원이 넘어가는 국제 고급 금융 과정을 비롯해 인사 기록 카드 한 면을 완전히 넘기는 각종 연수 기록에는 심지어 연세대 외국어학당 중급 일본어 과정, 중급 중국어 회화 과정도 있습니다.

20년 전에 그렇게 취득한 미국 경영학 석사 학위가 저의 다음 인생 행보에 디딤돌이 되어주었습니다. 직장을 떠난 그해 9월, 사학재단 이사장 겸 총장인 중고교 대학 동창을 찾았습니다. 3선 국회의원이자 국회 미래창조 과학방송통신위원회 위원장인 친구는 제가 퇴사했다는 말이 떨어지기가 무섭게 "우리 학교에 와서 강의하면 되겠네."라고 했습니다. 저의 제2의 인생인 교수 생활은 그렇게 시작되었습니다.

보직 교수와 신임 교수들이 모인 첫 오찬 자리에서 총장인 친구는 구석에 앉아 있던 저를 굳이 지목하면서 "이성주 교수님은 저의 중고교 대학 동창이십니다. 그러나 그 때문에 제가 모셔온 것은 아니고, 학교 다닐 때 공부도 아주 잘하고 뛰어난 리더십을 보여주셨기 때문에 제가 학생들에게 큰 도움이 될 것이라고 판단해서 모시게 되었습니다."라고 운을 떼었습니다. 모두 진지하게 경청해 주었습니다.

명색이 교수이지만 초임 교수의 연봉은 선 식장과 비교할 수 없었습니다. 그러나 아내 친구들의 남편들이 하나 둘 은퇴하고, 그나마 준비된 사람들만이 대학 강단에 서기 시작하면서 아내는 친구가 저에게 얼마나 큰 배려를 한 것인지 뒤늦게 깨달았다고 합니다. 그리고 다시 기업 일선에 복귀하기까지 3년 동안 교수로 지내면서 저는 나름대로 학생들에게 좋은 영향력을 미치면서 결과적으로 좋은 반응을 이끌어 내어 친구의 호의에 보답할 수 있었습니다.

경민대학교 e비즈니스 경영학과 09학번 학생들과의 첫 만남은 그렇게 시작되었습니다. 저는 우선 사전에 받은 출석부에 기록된 모든 학생의 이름을 외워버렸습니다. 첫 강의에서 모든 학생들의 이름을 기억하고 불러주는 신임 교수에 대해서 학생들은 어지간히 놀랐던 모양입니다. 다들 눈이 똥그래졌습니다. 인사가 끝난 후 저는 다음과 같이 말을 이어갔습니다.

"여러분들은 학창 생활을 통해 집에서나 학교에서나 많은 칭찬을 받고 자라지는 못했을 것 같습니다. 그건 여러분들이 그렇게 살아왔기 때문입니다. 그러나 과거는 과거이고, 이제부터 다시 시작하면 충분합니다. 저는 여러분들의 잠재력을 최대한 끌어내기 위해 노력할 것입니다. 저의 풍부한 사회 경험도 여러분들에게는 보탬이 될 것입니다."

시간이 지나면서 학생들은 저의 진정성을 알아주기 시작했습니다. 그리고 상상도 할 수 없는 과제 폭탄에 비명을 지르면서도 열심히 따라와주었습니다. 15주 동안 진행되는 한 학기 과정에서 학과 과정 이외에 제 임의로 3권을 지정 도서로 제시한 후 독후감을 제출하도록 했으며, 제가 직접 선정해서 매주 블로그에 올려놓은 경제·경영 칼럼을 읽고 내용 요약 및 소감과 함께 매일 3가지 이상의 감사 목록을 작성해서 제출하도록 했습니다.

앞으로 펼쳐질 아시아의 시대에 일본어와 중국어는 필수가 될 것인데 제 경험상 그 기본이 되는 한자를 우선 익히는 것이 중요하다고 역설하면서 학과 시작 전에 한자 퀴즈를 치렀고, 중간고사, 기말고사에 한자 시험도 병행했습니다. 일부 학생들이 울상을 지으면서 과제를 줄여줄 것을 호소해 왔지만, 모두들 기본적인 취지에는 공감하고 있었기 때문에 어떻게 하든 따라오려고 노력했습니다. 어느 집단에서나 마찬가지지만 상위 20%의 학생들은 제가 보기에도 나날이 과제의 질이 높아졌습니다. 그 결과 50여 개의 한자 시험에서 우리말 토씨 하나 틀리지 않는 학생까지 나왔습니다.

학생들의 실력을 높여서 현장에서 인정받을 수 있도록

해주고 싶은 마음에 과거 MBA 과정에서 경험했던 방법을 활용했던 수업은 매우 효과적이었습니다. 매주 조를 짜게 해서 교재 내용을 파워포인트로 작성해서 발표시켰습니다. 자기표현의 시대에 자신의 생각을 효과적으로 타인에게 전달하는 것이 중요하다고 강조했습니다.

저의 지인들의 특강도 추진했습니다. 현직 고위 공무원이었던 대학 친구도 강단에 초대되어 왔고, ㈜한국투자신탁의 전문가 후배들도 저를 도왔으며, 성당의 선후배들도 기꺼이 강단에 서주었습니다. 비즈니스 영어회화 시간에는 ㈜한국투자신탁 동료인 Mr. Robert Smith가 휴가를 내면서까지 찾아와 주었습니다.

초짜 교수는 강의 평가가 무엇인지, 얼마나 중요하게 다루어지는지도 몰랐습니다. 그러나 첫 학기가 끝나자 최고의 강의 평가 점수와 함께 '후배들에게 추천하고 싶은 강의다', '지금까지의 강의 중 최고였다', '새로운 시야를 갖게 해주신 교수님께 감사하다' 등 학생들의 댓글이 이어졌습니다.

언젠가 직장 후배 한 사람이 저를 보러 학교에 찾아왔다가 저 멀리서 학생 한 명이 '교수님~~' 하고 부르면서 저에게 달려오는 모습을 보고 아직 이런 모습이 가능하구나, 깜짝 놀랐다고 털어놓았습니다.

어느 날 교무처장이 저를 찾았습니다. 보통 학생들에게 인기 없는 과목이나 지나치게 과제를 많이 주는 교수에게 강의 평가가 박한 법이라고 모두들 믿고 있고, 상당수의 교수들이 그런 핑계로 낮은 강의 평가 점수에 대해 변명해왔는데 이 교수님의 경우를 보니 반드시 그렇지는 않은 것 같아서 희망을 보았다고 했습니다. 그리고 그것을 '강의 평가의 패러독스(paradox, 역설)'라고 하며 저를 격려했습니다.

2011년 11월 어느 날, 뜻밖에도 동부그룹에서 합류 제의가 왔습니다. 만 57세의 나이에 불러주는 곳이 있다는 것이 감사할 따름이었습니다. 당장 합류해달라는 요청이었으나 아직 기말고사도 끝나지 않은 상황이어서 정리할 시간이 필요하다고 양해를 구했습니다. 저의 소식을 전해들은 학생들이 모두 아쉬워했습니다. 학교에서는 언제든지 다시 돌아오라고 하면서, 곧 떠날 사람에게 재임용 면접까지 완료하고 재임용 합격통지서까지 발급했습니다. 지금도 매년 스승의 날이면 제자들이 찾아오고, 개인적인 고민이 있는 졸업생들은 수시로 저의 조언을 구합니다. 그때마다 제가 내리는 처방은 '독서 처방'입니다.

10.

그 나이에
박사학위를

2011년 가을 학기에 몸담고 있던 대학으로부터 작은 프로젝트를 받았습니다. 타 대학의 사례를 참고하기 위해 D대학교 학사 팀을 방문해서 조언을 듣고 돌아오는 길에 고교 동창인 H교수 방에 잠시 들렀습니다.

근황을 묻던 H교수는 제가 아직 박사학위가 없는 것을 확인하고는 불쑥 학위 과정에 등록할 것을 강권했습니다. 사실 H교수가 학위 과정을 권한 것은 처음 일이 아닙니다. 1991년에 당시 제가 외국인 전용 펀드의 펀드 매니저로 일하던 시절, 장래 D대학교 총장 감으로 거론되는 분을 소개해 줄 테니 학위를 하라고 자꾸 등을 떠밀었습니다. 그러나 당시는 바쁘기 그지없던 과장 시절이라 소요 비용도 비용이지만 무엇보다도 도저히 시간을 낼 수 없는 상황이었습니다.

H교수는 당시에 저를 외래 강사로 출강을 주선해주었습니다. 그러나 다행인지 불행인지 그 과목이 폐강되는 바람에 출강은 무산되었고, 그러던 중에 홍콩 사무소장으로 발령이 나서 4년 반 동안 한국을 떠나 있는 바람에 학위에 대한 관심은 어느새 멀어져 있었습니다.

그리고 우연히 방문한 자리에서 20년 만에 다시 불쑥 제의를 받은 것입니다. 무슨 마음에서였는지 저 역시 이번에는 흔쾌히 그 제의를 받아들였습니다. 당시 학위에 대한 갈망이 무의식에 잠재해 있었는지도 모릅니다.

입학 면접에서 교수 한 분의 코멘트가 지금도 생각납니다.

"적지 않은 연배시라 애로사항이 많으실 텐데 괜찮으시겠어요? 허긴 어렵사리들 끝내시기는 하시더군요."

등록금이 생각보다 만만치 않았습니다. 전 직장의 경력을 전혀 인정받지 못한 박봉의 초임 대학교수의 연봉으로, 게다가 아직 두 아이가 일본에 유학 중인 상황에서 선뜻 학위 과정에 등록한 것은 돌이켜보면 정말 무모한 일이 아닐 수 없었습니다.

그 와중에 정말 믿기 힘든 일이 일어났습니다. 모 그룹 산하 금융회사로부터 상임감사로 영입 제안이 온 것입니다. 결코 적지 않은 만 57세의 나이에 이런 제안을 받았다는 것 자체가 기적 같은 일이었습니다. 첫 직장에서 만났던 두 명의 대학 후배를 연결고리로 하여 이루어진 일입니다.

입사 면접에서 학위 과정에 등록했음을 밝히고 사전 양해를 구했습니다. 그리고 2012년 학위 과정이 시작되었습니다. 해외 석사학위 소지자는 영어시험이 면제되고, 석사과정에서 이수한 동일 과목 학점도 그대로 인정되어 어느 정도 여유가 생기는 듯했습니다. 그러나 직장과 학업을 병행하는 것은 생각보다 만만치 않았습니다. 풀 타임 박사과정 학생이 아닌 만큼 학교에서도 어느 정도 융통성은 발휘해주었지만 직장 관련 행사와 수업 시간이 겹치는 일이 자주 발생하기 시작했습니다.

너무 힘들어서 휴학을 한 후 나중에 마음 편히 다시 시작해도 되지 않겠느냐는 생각을 말하자 지도 교수는 당부와 격려를 아끼지 않고 독려했습니다.

"그동안의 오랜 경험상 한 번 시동이 꺼진 차의 시동을 다시 거는 것만큼 어려운 것은 없습니다. 부디 마음을 굳게 먹고 학위 과정을 끝내도록 해봅시다."

직장인을 위한 파트 타임 박사 과정은 부족한 강의 시간을 대체하기 위해 토요일에도 수업을 합니다. 이번에는 어쩔 도리가 없이 골프 행사와 겹치기 시작했습니다. 어느 조직에나 꼭 있기 마련인 원리원칙주의자 교수가 사정 봐주지 않고 7명에게 F학점을 주고 안식년을 맞아 미국으로 사라지자 학생들 사이에 패닉(panic, 공황)이 일기도 했습니다.

지금 다시 생각해봐도 아슬아슬했던 2년을 꽉 채우고 마침내 course work(교과 학습 과정)이 끝났습니다. 적어도 이력서에 '박사학위 수료' 표기는 할 수 있게 된 것입니다. 연말 정산할 때 매년 본인 학비로 상당액이 지출된 것을 확인했을 텐데도 인사팀 직원의 입이 무거웠던지 아무도 알아채지 못한 상태에서 첫 단추는 무사히 꿰어졌습니다.

어찌나 마음고생이 심했던지 다음 단계인 논문은 엄두도 내지 못하고 다시 1년이 흘러갔습니다. 전후 상황을 충분히 인지하고 제자들의 논문 시기를 조절하던 지도교수가 은근히 논문을 채근하고 나서기 시작했습니다.

이젠 더 이상 미룰 수 없다는 생각에 마음을 단단히 붙잡고 논문 작성을 위해 뛰어들었습니다. 감사하게도 전 직장 후배 2명이 밤에 야근을 해가면서까지 필요한 raw data(미가공 자료)를 정리해서 보내주어서 천신만고 끝에 경제학 박사학위를 취득한 것이 2017년 2월, 만 63세 때의 일입니다.

그러나 학위 수여식에 참석하지도 못했습니다. 박사학위 수여자들은 개별 수여를 위해 아침 일찍부터 식장에 대기를 해야 하는데 도저히 시간을 맞출 수 없었습니다.

거의 3번이나 중도에 포기할 생각을 들게 한 학위 과정은 제게 다시 한 번 그릿(Grit)의 중요성을 일깨워 주었습니다. Grit이란 'fortitude and determination(인내와 결심)', 한마디로 '끝까지 해내는 힘'을 말합니다. 온갖 어려움과 역경에도 포기하지 않고 끝까지 밀고 나가는 마음의 근력인 Grit은 왜 비슷한 능력을 지닌 사람이 비슷한 노력을 하는데 결과에서 많은 차이가 나는지를 설명해주는 단적인 요인입니다.

또한 Grit은 단순히 공부에만 적용할 수 있는 힘이 아닙니다. 우리의 인생은 성취력에 따라 성공 여부가 결정되는 크고 작은 도전의 연속입니다. 어렸을 때부터 제대로 Grit을 몸에 익힌 사람은 도전의 고비마다 훌륭한 성과를 이루어내면서 자신의 삶을 원하는 방향으로 이끌어나갈 수 있을 것입니다.

주위 사람들은 "왜 그 애를 써가면서 그 나이에 박사학위를 취득하려고 하느냐?"는 질문을 가끔 합니다. 그때마다 저는 "다가오는 100세 시대에 이제 겨우 반을 조금 넘겨 돌았을 뿐이고, 아직 갈 길은 멉니다."라고 합니다.

이 시대의 지성, 이어령 박사님께서 금년 초 암 투병을 고백하면서 하신 말씀이 귀에 맴돕니다.

"암이라는 말을 듣고 우리 딸도 당황하지 않았다. 수술

없이 암을 받아들였다. 애초에 삶과 죽음이 함께 있다고 생각한 사람에게는 (암이) 뉴스가 아니다. 그냥 알고 있는 거다. 딸은 책을 두 권 쓰고 마지막 순간까지 강연했다. 딸에게는 죽음보다 더 높고 큰 비전이 있었다. 그런 비전이 암을, 죽음을 뛰어넘게 했다. 나에게도 과연 죽음이 두렵지 않을 만큼의 비전이 있을까 싶다. 인간이 죽기 직전에 할 수 있는 유일한 일은 유언이다. 유언은 머리와 가슴에 묻어두었던 생각이다. 내게 남은 시간 동안 유언 같은 책을 완성하고 싶다."

11.

금연 일지

정부가 '흡연과의 전쟁'을 선포하고 담배 값을 4,500원으로 인상한 지 3년이 지나고 있습니다. 당시 마크로밀엠브레인 (trendmonitor. co. kr)의 여론 조사 결과 국민 65%가 인상에 찬성하는 것으로 나타났던 기억이 납니다.

마약 및 알코올 중독에 관한 정보를 제공하는 'Treatment-4addiction'이라는 웹 사이트는 담배, 알코올, 코카인 등과 같은 중독 유발 물질을 지속적으로 흡입했을 때 사람의 수명 단축에 얼마나 영향을 미치는지 흥미로운 결과들을 실은 내용이 있습니다. 이 웹 사이트는 특히 그래픽을 통해 담배가 수명을 단축시키는 과정을 분 단위까지 상세히 밝혀 주목을 받았습니다.

담배 한 개비는 삶의 시간 중 14분을 앗아간다고 합니다. 규칙적으로 하루 20개비의 담배를 피우는 흡연자가 있다면 10년의 수명이 단축되는 것입니다.

무슨 까닭인지 주위 분들은 제가 술, 담배의 근처에도 가지 않을 사람으로 인식하고 있어서 가끔 당황할 때가 있습니다. 물론 제가 담배를 비교적 늦게 배웠던 것은 사실입니다. 1975년 입대 후 훈련병 시절까지도 담배를 배우지 않아서 배급으로 나오는 화랑담배도 주위 동료들에게 주었습니다. 1976년 자대 배치를 받은 후, 도무지 상식이 통하지 않는 선임 하사 때문에 속앓이를 하다가 문득 담배 생각이 났습니다. 늦게 배운 도둑이 날 새는 줄 모른다더니 콜록거리면서 배운 담배가 금세 화랑담배 하루 2갑으로 늘었습니다.

전역 후 복학생 시절에는 주머니 사정도 있어서 그랬는지 그리 많이 피운 기억이 없습니다. 그러나 1981년 ㈜한국투자신탁 국제업무실 신입사원 시절, 지금은 모 외국계 대형 자산 운용사 대표인 동료와 거의 매일 야근하면서 허구한 날 줄담배를 피워댔습니다. 오죽하면 청소하시는 분들이 '이 총각들 못 말리겠네.' 하는 측은한 표정으로 쳐다봤겠습니까?

특단의 결심이 필요하다고 생각하고 있던 중, 1981년 크리스마스 이브에 대학 친구들 모임에서 결연히 금연을 선언했습니다. 그 후 1990년까지 9년 동안은 Smoke-free(금연)의 청정 기간이었습니다.

1991년 1월에 주식 운용부로 발령을 받았습니다. 스트레스가 이만 저만이 아닌 펀드 매니저들의 공간은 완전히 너구리 소굴이었습니다. 마음대로 되지 않는 운용 성과에 대한 스트레스를 덩달아 담배 연기에 실어 보내는 게 일이었습니다. 그러다가 1992년 6월에 조사부로 이동했습니다. 이제는 스트레스도 덜한데 담배를 끊어야지, 하는 마음만 앞섰지 어느 새 보면 손에 담배가 들려 있었습니다. 그렇게 2년여가 흘러 1994년 말, 초대 홍콩 사무소장으로 발령을 받았습니다. 그런데 같이 발령된 직원이 골초여서 저는 담배와의 전쟁에서 강력한 무기의 등장으로 백전백패하는 것이나 다름없는 상황으로 들어가게 되었습니다. 결국 담배의 유혹으로부터 벗어나기 위해 제 손으로 담배를 사지 않는 것을 선택했습니다. 그러나 그 결심이 순간 무너지는 경우에, 가끔 제 방에서 나와 그 직원의 담배를 빌리기도 했습니다. 아마 그 직원은 저를 얄밉게 생각했을지도 모릅니다.

4년 반의 홍콩 사무소장직을 마치고 1999년 4월 말에 귀국해서 초대 리스크 관리팀장에 임명되었습니다. 회사의 온갖 취약점이 드러날 때마다 한숨이 절로 나왔습니다. 많이 피우지는 않았지만 여전히 담배는 제 손에 들려 있었습니다. 이런 어정쩡한 흡연 습관은 그 후 계속 이어졌습니다. 그러다 안 되겠다 싶어서 2004년 리서치 센터장으로 부임하면서 프랭클린 플래너를 구입한 것을 계기로 흡연 내역을 매일 기록하기 시작했습니다.

2010년까지 한 달에 3갑 정도의 흡연이 이어졌습니다. 한 달에 절반 내지 20일은 피우지 않았지만, 술자리에서 피우는 습관은 버리지 못하고 있었습니다. 그러다가 2011년 들어 흡연량이 한 달에 2갑 이내로 줄어들더니 2013년에는 한 달에 반 갑 수준으로 줄었습니다. 그 정도로 흡연량을 조절할 수 있는 자기 통제력이 대단하다는 주위의 말을 칭찬으로 받아들여 우쭐대기도 했습니다.

단 한대의 담배도 건강에 해롭기는 마찬가지라는 간단한 상식도 귀에 들어오지 않던 어느 날, 홀연히 이제는 완전 금연을 해야겠다는 생각이 들었습니다. 한 달에 4~5일, 반 갑 흡연의 내역을 훑어봤습니다. 주범은 매주 화요일 저녁 성당 레지오 회합 후의 2차 술자리였습니다.

스탠포드 대학 브라이언 완싱크 교수의 저서 『나는 왜 과식하는가』 중에 '배고픔'이 아니라 '주위의 환경'이 과식을 조장한다는 내용이 떠올랐습니다. 주위의 환경을 내가 디자인해야겠다고 생각했습니다.

그렇지 않아도 2012년 1월에 다시 기업 일선에 복귀한 이후, 레지오 회합 뒤에 밤 늦게까지 이어지는 2차 술자리 때문에 다음 날 근무에 부담을 느끼던 때였습니다. 성당에서도 주당으로 소문난 저는 이제부터 2차 술자리에 불참하겠다고 양해를 구했습니다. 단, 1달에 한 번 꼴인 단원의 축일 행사에는 꼭 참석하겠다는 것을 약속했습니다. 흡연의 기회도 당연히 원천 봉쇄되었습니다. 어느 새 각종 모임에서 거의 좌장이 되어버린 저는 저녁식사 장소도 흡연하기 어려운 환경의 건강식품 음식점으로 정하도록 했습니다.

2013년 10월 말의 일입니다. 완전 금연 7년째 접어든 지금까지 제 삶에서 2차 Smoke-free 청정 기간이 이어지고 있습니다. 앞으로 담배를 다시 손에 댈 일이 없어 보입니다.

아이구,
그놈의 에고

1.

아, 어머니

평생 쉬실 틈 없이 몸을 움직여 오신 9순(九旬)의 어머니께서 난생 처음으로 '강제 휴식'에 들어가신 지 벌써 1년이 넘었습니다. 요양병원에 입원해 계시기 때문입니다.

작년 8월 17일 오후, 막내 여동생으로부터 긴급한 전화 한 통이 날아왔습니다. 어머니께서 쓰러져서 병원 응급실로 실려 가셨다는 것입니다. 느닷없는 급보에 놀란 가족들이 속속 안성의료원으로 서둘러 모여 들었습니다.

어머니께서는 고관절 골절상을 입으셨습니다. 부엌으로 가시는 길에 힘이 빠져서 주저앉았는데 그 충격으로 고관절

이 그만 힘없이 부러진 것입니다. 고관절(股關節)은 우리말로 '넙다리뼈'라고 하는데, 'Hip joint'라는 영어 이름이 오히려 이해하기 쉽습니다.

급히 서울로 모셔 와서 인공관절 삽입 수술을 받은 어머니께서는 2주간의 1차 병원 생활을 마감하고 재활을 위해 요양병원에 입원하셨습니다. 다행히도 수술을 비롯한 재활 등 일련의 과정이 지금으로서는 매우 순조롭습니다. 주치의는 어머니께서 그 연세에 고혈압, 당뇨병과 무관하신 점을 매우 놀라워했습니다. 더구나 그 몸으로 100평 넘는 텃밭을 직접 가꾸셨다는 말을 듣고는 감격해하기도 했습니다. 다행히 입원하신 요양병원이 형제들의 집에서 멀지 않아서 수시로 드나들 수 있어서 좋습니다. 남에게 폐를 끼치지 않고 스스로 해결하려고 애를 쓰시는 어머니의 의지를 보고 간병인 아주머니가 감동을 받았다고 했습니다. 한편으로는 자존심이 너무 세고 성정이 급하시다고, 간병인이 웃으면서 덧붙였습니다.

처음에는 당신 스스로 9월 말에는 퇴원을 하겠다는 목표를 세우고 재활 의지를 다지셨지만, 이제는 당신의 의지만큼

이룰 수 없다는 것을 깨닫고 목표를 '언젠가는 다시 일어서고야 말겠다.'라고 수정하셨습니다. 매일 아침마다 물리치료실의 실내 자전거 페달을 밟으며 의지를 다지시는 9순의 어머니, 당신이 평생 살아오신 길이기도 합니다.

5년 전에 TV 오디션 프로그램의 한 장면을 보고 뭉클해서 썼던 글을 다시 꺼내봅니다.

아! 어머니…

며칠 전 〈K 팝스타 4〉에 출전한 이설아 씨의 '엄마로 산다는 것은'이라는 자작곡이 엄청난 반향을 일으키고 있습니다. 심사위원 중 한 사람인 양현석 씨가 "곡이 평가할 수 있는 기준을 넘어선 것 같다. 듣고 계신 어머니들은 눈물을 많이 흘리실 것 같다."고 평가했습니다. 심사위원들을 비롯한 모든 참가자와 시청자들의 눈시울을 붉히게 한 가사는 이렇습니다.

늦은 밤 선잠에서 깨어

현관문 열리는 소리에

부스스한 얼굴

아들, 밥은 먹었느냐

피곤하니 쉬어야겠다며

짜증 섞인 말투로

방문 휙 닫고 나면

들고 오는 과일 한 접시

엄마도 소녀일 때가

엄마도 나만할 때가

엄마도 아리따웠던 때가 있었겠지

그 모든 걸 다 버리고

세상에서 가장 강한 존재

엄마,

엄마로 산다는 것은

아프지 말거라, 그거면 됐다

저희 형제들에게 어머니는 '신앙'입니다.

충남 대덕에서 대지주의 둘째 딸로 태어나신 어머니는

1929년생입니다. 중학교 (당시는 5년제) 졸업 후 모교의 교사로 부임할 것을 제안받던 중 중매로 아버지를 만났습니다. 엉겁결에 혼사가 이루어졌습니다. 어머니께서 혼인 후 맞이한 새로운 환경은 재물은 없지만 꼿꼿하기 이를 데 없는 선비 집안의 엄격함이었습니다. 한여름에도 모시적삼을 정갈하게 차려입고 계신 기억 속의 할머니는 손자들에게는 한없이 자상하셨지만 며느리에게는 엄한 시어머니셨다고 합니다.

28세부터 '경찰서장 사모님'으로 지내신 지 7년이 지난 1964년, 아버지는 만 40세 생신을 며칠 앞두고 세상을 뜨셨습니다. 아버지의 급작스러운 부음과 함께 맞은 어머니의 현실은 '7남매를 맡게 된 35세의 청상과부'였습니다. 장례식 이후 자리에서 일어나지 못하고 있던 어머니에게 할머니는, '자식을 가슴에 묻고 사는 이미의 심정을 아느냐?'는 말씀으로 어머니를 일으키셨다고 합니다.

당시 집 2채 값의 부의금을 비롯해서 아버지께서 남기신 상당액의 재산은 할아버지의 사업 실패로 허무하게 물거품처럼 사라져버렸습니다. 결국 손재주가 뛰어나셨던 어머니는 수예(手藝)로 생계를 책임지기 시작했습니다. 수예품이 실린 일본어 책자를 보시고 이리 저리 응용해서 새로운 디자인을 개발하시더니, 양평에서 전곡에 이르기까지 시골을 찾아다니면서 시골 아낙들에게 수예품 만드는 일을 가르치셨습니다. 그런 후에 걷어오신 제품을 동대문 시장에 공급해서 어렵게 가계를 꾸리셨지만 자식들의 생일 수수팥떡은 물론 동지팥죽도 빠뜨리지 않으셨습니다. 아이들이 점점 커가면서 수예품을 만들고 파는 일만으로는 지출을 감당하기 어려웠습니다. 그래도 그동안 해오시던 일에 더해 여러 가지 안 해본 일이 없을 정도로 고생하시며 가계를 끝까지 책임지셨습니다.

다행히도 저희 형제들은 엇나감 없이 잘 자랐습니다. 저는 고등학생이었지만 장학생으로 학비를 면제받으면서 어머니를 돕기 위해 중학생인 남동생과 함께 잠시 가정교사를 하기도 했습니다. 이후 저의 대학 시절은 온통 가정교사로 생활비와 학비를 벌며 고군분투하며 지낸 시간의 연속이었습니다. 대학 2학년 때는 운 좋게 KBS 〈대학생 퀴즈대회〉에 출전해서 받은 장원(壯元) 상금을 어머니께 드리기도 했습니다. 전교 10등 내외를 했던 막내 여동생은 대학 진학을 3년 늦추기까지 하면서 형제들 모두는 어머니를 중심으로 가족 공동체에 대한 책임과 사랑을 다하며 이겨냈습니다.

　　어머니께서는 자식들을 무조건 믿음으로 대하셨습니다. 제가 지금까지 어머니께 들은 말은 단 한마디, "나는 너를 믿는다."입니다. 그러나 단 한 번의 예외는 대학 신입생 시절 법과대학 과대표로 선출되었을 때 "나는 네가 데모는 하지 않았으면 좋겠다."는 말씀이었습니다. 당시 유신 반대 데모의 선봉을 맡은 각 과대표의 말로(末路)는 '제적'이었습니다.

　　경찰 고위직에 재직 중인 아버지 동료분들이 어려울 때 찾아오시라고 당부했어도 어머니는 한 번도 찾지 않으셨습니다. 제가 다니던 고등학교에서 어버이날에 〈장한 어머니상〉을 드리겠다고 했으나 여느 어머니나 마찬가지라면서 고사하셨습니다. 아비 없는 후레자식 소리를 들을까 봐 못하게 하셨던 '욕'을 저는 군대에서 새로 배웠습니다. 한때 형제 4명이 동시에 대학생인 시절을 어머니께서는 어떻게 견뎌내셨는지는 정말로 불가사의한 일입니다.

결혼을 앞둔 저에게 어머니께서는 시간이 지나면 자연스럽게 알게 될 일이라면서 '우리 어머니가 고생해서 키우셨다.'는 말로 유복하게 자란 새 신부에게 마음의 부담을 주지 말 것을 당부하셨습니다. 고부관계는 아무리 좋아도 고부관계일 뿐이라면서 당신의 힘이 감당되는 한 시골에서 텃밭을 가꾸면서 가끔 얼굴 보는 것이 좋다고 하셨습니다. 100평이 넘는 텃밭에서 나오는 각종 작물을 자식들에게 나누어주는 기쁨으로 사시며 드린 용돈 대부분도 손주들에게 주셨습니다.

1989년 5월에 어머니께서 환갑을 맞으셨습니다. 그러나 둘째 아들인 제가 미국 유학에서 돌아온 그해 8월이 돼서야 저희 형제들은 서울의 한 호텔에서 어머니 회갑연을 가졌습니다. 고향에 계신 친지분들을 위해 대전으로 버스도 보내서 많은 분들이 모인 축복의 자리였습니다. 그러나 KBS PD였던 고교 친구를 통해 사회자로 섭외한 개그맨의 익살에도 불구하고 자리는 결국 눈물바다가 되고 말았습니다.

제가 홍콩 사무소장으로 근무하던 1995년에 싫다고 하시는 어머니를 억지로 홍콩으로 모신 적이 있습니다. 당시 저희 아이들이 키가 작아서 테마파크인 오션파크(Ocean Park)에 입장권 없이 슬쩍 들어갈 수도 있는 상황이었습니다. 그러나 어머니께서는 제가 정식으로 아이들 표를 사는 모습을 뒤에서 잠잠히 지켜보시다가 나중에 말씀하셨습니다.

"내가 너를 제대로 키우기는 했구나."

2001년 추석 성묘 길에 제 차가 만취 운전 차량에 뒤를 받힌 일이 있었습니다. 다행히도 제가 이상을 감지하고 브레이크를 놓아 충격을 완화시켜서 어머니와 아내가 다치지는 않았습니다. 며칠 후 3진 아웃을 걱정한 가해자의 친구가 합의를 위해 저를 찾아왔습니다. 저는 쭈뼛거리는 그 사람에게 병원 진료비와 뒤쪽 범퍼 수리비를 합해서 70만 원이면 된다고 했습니다. 제가 제의한 액수에 깜짝 놀란 그 사람은 여러 번 고사했음에도 불구하고 100만 원을 억지로 제 손에 쥐어주고 달아나듯이 사라졌습니다. 나중에 사실을 알게 된 어머니께서 불필요한 돈을 받았다고 저를 나무라셨습니다.

2008년, 전 직장에서 퇴사했을 때 어머니께서는 걱정을 많이 하셨습니다. 사학재단 이사장인 친구의 큰 호의로 대학

교수로 변신했을 때에도 어머니의 근심은 사라지지 않았습니다. 초임 교수의 적은 연봉으로 일본 유학 중인 두 아이의 감당을 어떻게 할까 걱정하셨던 것입니다. 그 시절, 시간을 의미 있게 보내고 싶어서 가볍게 시작한 영어 가정교사일이 엉겁결에 본업이 되어버린 아내에게 어머니는 많이 미안해하셨습니다.

그렇게 지내다 2012년 초에 생각지도 않았는데 금융 회사에 재취업을 하게 되었습니다. 이때야 비로소 어머니께서 말씀하셨습니다. 가슴에서 큰 돌 하나가 빠져나갔노라고. 그리고 제가 전 직장을 퇴사한 이후 남몰래 우울증을 겪었다고 털어놓으셨습니다. 2살 아래 남동생까지 모 건설 회사의 해외 건설현장 총괄 임원으로 재취업한 날에는 작은 돌 하나마저도 빠져나갔노라고 웃으셨습니다. 손자 손녀들이 모두 무사히 사회인으로 진입한 날이 오자, 이제는 더 살고 싶다고 하셨습니다.

1960년대 동아방송에서 진행하는 〈최동욱의 3시의 다이얼〉을 즐겨 들으시며 빌리 본 악단의 '언덕 위의 포장마차'

그리고 더 서쳐스(The Searchers)의 'Love Potion No. 9'을 즐겨 흥얼거리기도 하셨습니다. 그리고 무상하게 흘러간 50년. 아들들이 현직일 때 눈을 감아야 아들들에게 조금이라도 도움이 될 것이라고 말씀하십니다.

'어머니'란 단어는 우리 형제들에게 '눈물'입니다.

2.

아버지의 유산

저는 개인적으로 '4'로 끝나는 해와 인연이 많습니다. 1924년생이신 아버지는 만 30세인 1954년에 저를 낳으셨고, 제가 10살 되던 해인 1964년 초에 불과 40세를 일기로 세상을 떠나셨습니다. 그리고 50년이 지난 2014년, 당시 10살이던 제가 환갑을 맞았습니다.

전공인 토목공학과는 전혀 무관하게 경찰에 투신하신 아버지는 약관 33세부터 강경, 홍성, 공주, 당진 경찰서장을 두루 거치셨습니다. 1960년, 만 36세의 나이에 총경으로 승진해서 천안 경찰서장에 부임하신 후 서울 청량리 경찰서장, 서울시 경찰국 보안과장(現 경찰청 보안국장)을 거치고, 전주 경찰서장에 부임하신 지 3개월 만에 위암 말기 판정을 받으셨습니다. 그리고 불과 5개월 후인 1964년 1월, 40회 생신을 며칠 앞두고 세상을 떠나셨습니다. 너무 안타까운 짧은 생이었습니다.

제가 철들기 전이지만 몇 가지 에피소드는 기억에 생생합니다. 새벽이면 아들 3형제를 앞세워 새벽 약수터에서 운동을 하며 '교통안전 캠페인(campaign)'이 전국적으로 일어나기 전에 이미 '교통안전의 노래'를 아들 3형제에게 손수 가르치셨습니다. 비 오는 날이면 진창으로 변하는 등굣길을 걱정하신 할머니의 당부에 저를 지프(Jeep)차에 태우셨지만, 집이 보이지 않는 곳에 이르면 차에서 내려 걸어가게 하셨습니다. 붓글씨 시간이 있는 날에는 여력이 되었음에도 불구하고 습자지 대신 여느 아이들처럼 신문지를 잘라가야 했습니다. 몽당연필까지 써야 했던 일은 당연했습니다. 자칫 어린 나이에 우쭐거릴 수 있는 소지를 미연에 없애려는 아버지의 뜻이었습니다.

1962년, 저희 집에도 드디어 TV가 들어왔습니다. 당시에는 오후 5시에서 7시까지 제한방송이 나오던 시기였습니다. 그 2시간의 방송 시간이면 서장 관사는 동네 주민들의 사랑방이 되었습니다. 그러던 중 어느 날 노처녀 막내 고모와 함께 밤에 몰래 AFKN(American Forces Korea network, 주한 미군 방송망)을 시청하다가 할아버지에게 들키는 일이 일어났습니다. 그다음 날로 TV는 집에서 사라졌습니다.

아버지의 타계에 모든 친지들이 비통해하며 애도했습니다. 그 후 집안의 대소사가 이어질 때마다 친지들의 입을 통해 그동안 곳곳에 미쳤던 아버지의 손길이 하나둘 그 모습을 드러냈습니다. 해마다 겨울이면 땔감과 양식을 외할머니 댁에 나누셨고, 어머니께서 패물을 처분해서 곤경에 처한 작은 이모를 도운 것을 눈치 채시고 별도로 도움의 손길을 주셨다고 했습니다. 삼촌들과 고모들, 그리고 친가, 외가의 먼 친척들에게 이르기까지 아버지께서 베푸신 자상한 일화들이 계속 이어졌습니다. 평소 엄하시던 모습 이면에 따뜻함이 가득하셨던 것입니다.

아내와 결혼을 앞두고 사귀고 있을 때에 대전의 고모님 들이 저도 모르게 맞선 자리를 만드셨습니다. 누구나 알 만한 지역 재벌의 둘째 사위 자리였습니다. 이관형 씨의 아들이라면 50% 믿고 들어가겠다고 했답니다. 물론 저는 고사했습니다. 그런 결혼은 이해관계가 얽히게 될 수밖에 없다는 것을 알기에 당치 않다고 생각했습니다.

결혼 당시에 장인어른께서는 사돈의 부재를 무척 아쉬워 하셨습니다. 그러던 어느 날 뜻하지 않은 일이 벌어졌습니다. 은퇴 후 작은 사업을 하시던 장인어른은 같은 빌딩에 사무실을 두고 사업하시는 두 분과 매일 차 모임(tea meeting)을 가지셨다고 합니다. 그중 한 분은 당시 제가 다니는 회사 사장님과 대학 동창분이었고, 다른 한 분은 경남 경찰청장을 지내신 분으로, 두 분 모두 연배가 한참 위셨습니다. 장인어른께서는 그중 경남 경찰청장을 지내신 분의 태도가 거만해서 평소 조금 거슬리시던 차에, 우리 사돈도 경찰이셨다는데 오래전에 돌아가셨다고 운을 떼셨다고 했습니다. 여전히 거만한 자세로 누구냐고 묻는 분에게 아버지 성함을 대자 갑자기 놀라서 자세를 바로 잡으면서 그분이 사돈이시냐고 되묻더랍니다. 경남 경찰청장을 지내셨던 분이 갑작스럽게 태도를 바꾸는 것에 오히려 장인어른이 놀랐다고 했습니다. 그분은 아버지가 천안 경찰서장 시절에 본인은 파출소장이었다고 하면서 아버지에 대한 칭송과 존경심을 표했다고 합니다. 기분이 한껏 고양된 장인어른께서 한밤중에 다소 흥분하신 목소리로 전화를 주셨습니다. 아버지 타계 후 30여 년이 지난 시점이었습니다.

그날 이후, 'Leave a legacy(유산을 남기자)'가 제 삶의 중요한 모토가 되었습니다. 저희 아이들이 언제 어디서건 저를 아는 사람과 만났을 때, '제 아버지는 누구십니다.'라고 자신 있게 이야기할 수 있는, 부끄럽지 않은, 자랑스러운 아버지가 되는 것이 삶의 한 지향이 된 것입니다.

아버지는 서울로 전근하신 후 '젊은 서장의 공부 잘하는 아이들'을 당시 명문 여자중학교, 명문 초등학교에 편입시키지 않았습니다. 인근 변두리 학교에 편입시켜서 모두와 더불어 살아가는 정신을 익히게 하신 그 깊은 뜻은 환갑이 지난 지금에서야 겨우 깨달은 우매한 아들에게 빛바랜 기억으로 남아 있습니다. 아버지는 저의 영원한 표상이십니다.

3.

깨막이 선생님

허탈하게도 점심식사 약속이 두 번째로 무산되었습니다. 오늘도 이상하다 싶은 예감에 전화를 드렸더니 아직 댁이라고 했습니다. 오늘은 고교 은사님이신 김창락 영어 선생님을 모시기로 한 날이었습니다.

지난 4월 13일, 첫 점심식사 약속을 잡았습니다. 약속 시간이 넘어도 오지 않으셔서 고개를 갸우뚱하고 전화를 드렸더니 약속 자체를 잊고 계셨습니다. 총명하시던 예전 모습을 기억하는 저로서는 상상이 가지 않는 일이어서 매우 놀랐습니다. 연세가 80을 넘으셨으니 그럴 수도 있다고 생각하고 다시 약속을 잡았습니다.

이번에는 아예 어제 전화를 드려서 오늘 점심으로 정했습니다. 휴대폰 문자는 보신다는 말씀에 장소를 문자로 넣어 드렸습니다. 아침에 다시 확인 전화를 드릴까 하다가 말았더니, 그만 오늘도 만남이 무산되고 말았습니다. 선생님께서는 제가 보낸 문자를 받지 못하셨다고 했습니다. 오늘 아침에 확인 전화를 하시려고 했으나 기기 이상으로 제 번호를 찾지 못해 연락을 하지 못하셨다고 합니다. 안타까웠습니다.

누구나 학창 시절에 자신에게 영향을 많이 끼친 선생님 몇 분은 계실 것입니다. 김창락 선생님 역시 제게는 그런 분 중의 한 분입니다.

고교 1학년 영어 첫 수업시간이었습니다. 뿔테 안경을 끼시고, 약간 헐렁한 만화 캐릭터 같은 모습에 꾸부정한 자세로 교실 문을 열고 선생님이 들어오셨습니다.

김창락 선생님은 서울대 영문과를 졸업하시고 제가 다니는 고등학교에서 영어를 가르치고 계셨습니다. '깨막이'라는 선생님의 별명은 누군가 김경언 화백의 〈칠성이와 깨막이〉라는 만화의 캐릭터에서 가져온 것입니다.

1936년생으로 당시 만 34세인 선생님은 그야말로 열정 그 자체이셨습니다. 지금도 선생님의 '영어 단어 연상 암기법' 열강이 생각납니다. 얼핏 기억나는 것은 diagnosis(진찰) 해보니 diarrhea(설사)로 판정이 나서 diaper(기저귀)를 차고 등등…. 수많은 스토리를 만드셔서 유사한 단어를 쉽게 암기할 수 있도록 하셨습니다.

영어회화 부교재 첫 과의 제목이었던 'DIY(Do it yourself) Fan'은 지금도 기억이 납니다. 선생님은 무엇보다도 명문을 그대로 암기하는 것이 외국어를 익히는 좋은 방법임을 힘주어 강조하셨습니다.

당시에는 월말고사, 중간고사, 기말고사 등 매달 시험이 있었습니다. 첫 월말고사가 다가 왔습니다. 영어 진도는 불과 3과밖에 나가지 않았습니다. 마땅한 공부 방법을 찾지 못하다가 선생님 말씀대로 아예 3개 과를 통째로 암기해버렸습니다. 드디어 시험시간, 시험지를 받아드니 과연 평소 말씀대로 출제를 하셨습니다. 문장을 통째로 외운 저로서는 쉬운 시험일 수밖에 없었습니다. 다음 시간에 채점표를 들고 들어오신 선생님께서 물어보셨습니다.

"이성주가 어떤 놈이야?"

"저희 반 반장입니다."

"선생이 문제를 냈으면 틀려야 하는데 다 맞았으니 괘씸해서 1점 깎았다. 99점이다."

그날부터 저희 반에서 저는 졸지에 '영어 잘하는 아이'가 되었습니다. 그리고 그 후에는 '영어를 잘하는 아이'가 되어야만 했습니다.

그 당시 선배들의 충고를 종합해보면 고1때는 『정통종합영어(나중에 '성문종합영어'로 개편됨)』를 떼고, 고2때는 영문해석『1200제』를 소화하고, 고3때는 영어 수학 이외의 암기 과목에 치중해야 한다는 것이었습니다.

첫 월말고사 성적 발표 이후로 『정통종합영어』를 손에 잡았습니다. 첫 페이지부터 모르는 단어 투성이었습니다. 한

숨이 절로 나왔습니다. 그러나 '영어를 잘해야만 하는 나'로
서는 꾹 참고 견디는 수밖에 없었습니다. 흔히들 고비라고 하
는 150페이지를 넘어서자 이제는 단어도 상당히 익숙해지고
진도도 빨라졌습니다. 고1 마칠 때까지 『정통종합영어』를 3번
떼는 데 성공했습니다. 그리고 고2에 접어들어서는 선배들의
조언대로 『1200제』를 끝냈습니다.

그리고 드디어 고3 첫 모의고사를 치렀습니다. 영어 73점
이 나왔습니다. 전교 평균은 30점이었고, 평균 59점~60점 학
생들이 서울대학교 법대를 진학할 때였습니다.

덕분에 사법고시를 중도 포기하고 치른 입사시험에서 영
어 수석을 한 것을 계기로 회사 내에서도 국제부에 근무한
기간이 제일 길어서, 직장 생활 28년 중에 절반인 14년을 영
어 사용과 관련된 일을 했습니다.

사원으로 첫 해외 연수를 다녀왔고, 회사의 비용으로 미
국에서 MBA 학위도 취득했습니다. 4년 반의 홍콩 사무소장,
현지 법인장의 경험도 했습니다. 법대를 나왔음에도 불구하
고 대리 승진시험 및 신입사원 채용 시험에 영어 출제위원을

하기도 했습니다. 이렇듯 고1때 김창락 선생님을 만난 인연이 제 평생의 삶의 방향을 결정하게 된 것입니다.

이후 선생님은 고려대학교 대학원 철학과(M. A.) 수학을 필두로 중앙신학교를 졸업하신 후, 독일 요하네스 구텐베르크 마인츠 대학교(Johannes Gutenberg-Universität Mainz) 신학부(DR. Theol)에서 수학하시고, 1984년에 한신대학교 신학대학 신학과 교수로 부임하셔서 훌륭한 제자들을 키워내셨습니다.

그리고 미국 시카고 신학대학(Chicago Theological Seminary) 객원 교수, 한신대학교 평화연구소장, 한국 신약학회장, 한국 민중 신학 회장직을 역임하셨습니다. 또한 『새로운 성서 해석과 해방의 실천』, 『귀로 보는 비유의 시카고 신학대학 – 성서 읽기/역사 읽기』, 『갈라디아서 주석』, 『다마스쿠스 사건 – 무엇이 일어났는가?』 등을 저술하셨고, 그 외에 바울과 예수 비유에 관한 많은 논문들을 쓰셨습니다.

영문학을 전공하신 선생님께서 독일에서 박사학위를 받으신 것도 수긍이 갑니다. 고1 때 독일어 선생님이 편찮으셨을 때 김창락 선생님께서 잠시 독일어도 가르치셨던 것을 기억하고 있기 때문입니다. 다재다능하신 분이었습니다.

낮에 전화 드렸을 때 난감해 하셨던 선생님께 다음에는 아예 댁 근처로 찾아갈 생각입니다. 당신께서 한 제자의 삶의 방향에 끼쳤던 그 엄청난 영향에 대해 늦게나마 감사드리기 위해서입니다.

4.

2번 출구 vs 2번 출구

벌써 7년 전의 일입니다. 홍콩에 근무하면서 알게 된 대학 후배가 명예퇴직을 선택했다고 알려 왔습니다. 위로와 더불어 격려도 할 겸 점심식사 약속을 했습니다.

시간 절약을 위해서 지하철 입구에서 만나기로 했습니다. 다동 먹자골목에서 가까운 을지로입구역 2번 출구 앞에서 보기로 했습니다. 좀처럼 약속 시간에 늦는 법이 없던 후배인데 약속 시간 5분이 지나도 보이지 않는 게 이상하다 싶어 전화를 했습니다. 그런데 이미 와 있다는 답이었습니다. 아무리 둘러봐도 찾을 수 없어서 재차 전화를 했습니다. 분명히 2번 출구 앞에 와 있다고 확인해주었습니다. 역시 보이지 않았습니다. 혹시나 해서 다시 전화를 해서 "지. 하. 철. 2. 호. 선. 을. 지. 로. 입. 구. 역. 2. 번. 출. 구. 가 맞느냐?"고 다시 물었더니 틀림없다는 대답이 돌아왔습니다. 귀신이 곡할 노릇이지, 뭔가 단단히 잘못되었다 싶어서 이번에는 아예 약속 장소를 다른 곳으로 바꿔서 만나자고 했습니다. 결국 약속 시간보다 20분이 지나서야 겨우 만날 수 있었습니다.

만나자마자 서로의 자초지종을 이야기했습니다. 알고 보니 그 후배는 '을지로 지하상가 2번 출구'만 떠올리고 아예 지하철역 출입구 번호라는 생각은 전혀 하지 못했고, 저는 저대로 '지하철역 2번 출구'만 머릿속에 있었지 을지로 지하상가 출입구 번호라고는 전혀 짐작조차 하지 못했던 것입니다. 그 후배는 직장이 을지로 지하상가 인근이다 보니 지하상가의 출입구 번호가 익숙했던 것이고, 저는 어쩌다 한 번씩 지하상가를 지나다닐 뿐 지하철 을지로입구역이 활동의 중심이었기 때문에 두 사람 모두 근본적인 인식의 차이가 있었습니다.

나이가 들어 머리가 굳은 탓이라고 서로 허탈해 하면서,

왜 조금이라도 다른 가능성을 열어놓지 못하고 자신들의 생각만 끝내 고집하고 있었는지 쓴 웃음만 지었던 기억이 있습니다.

그러나 이러한 난감함은 비단 굳은 머리 때문만은 아닙니다. 다른 사람의 행동이나 반응을 예상할 때, 자기가 알고 있는 지식을 다른 사람도 알 것이라는 고정 관념에 매몰되어 '인식의 왜곡(cognitive bias)'이 종종 나타나기 때문입니다. 우리는 이것을 '지식의 저주(The Curse of Knowledge)'라고 부릅니다.

'지식의 저주'라는 말은 1989년에 캐머러(Camera), 로웬스타인(Loewenstein), 웨버(Weber) 등 3인의 경제학자들이 발표한 유명한 논문 「The Curse of Knowledge in Economic Settings : An Experimental Analysis경제학 측면에서 보는 지식의 저주 : 경험적 분석을 토대로」에서 처음 사용되었습니다. 그 후 스탠퍼드 대학교 경영학과 교수인 칩 히스(Chip Health)와 그의 동생 댄 히스(Dan Health)는 2007년 『스틱Made to stick』이라는 책에서 이 개념을 다시 사용했습니다.

'지식의 저주'는 위의 경우와 같은 단순한 인식의 차이에 서만 볼 수 있는 것이 아닙니다. 아는 것이 많은 전문가가 되어 갈수록 일반 사람들에게 그 분야의 용어를 설명하기 어렵게 되어가는 것도 '지식의 저주'입니다. 즉, 전문가들은 자신의 수준에 기대어 일반인들 수준을 예단하게 되고 그 때문에 전문가들이 나름대로 쉽게 설명한다고 생각하는 내용도 일반인들은 이해하기 어려워지는 등 의사소통에 문제가 발생한다는 것입니다. Heath 교수는 정보를 가진 사람과 그렇지 못한 사람이 의사소통에 실패하는 이유가 '지식의 저주'에 있다고 보았습니다.

심리학자인 엘리자베스 뉴턴(Elizabeth Newton)이 1990년에 비교적 간단한 실험으로 이를 입증했습니다.

그녀는 실험대상을 두드리는 사람(Tapper)와 듣는 사람 (Listener)의 두 그룹으로 나누었습니다. Tapper에 속한 사람들에게는 120개의 아주 쉽고 유명한 노래(생일 축하합니다, 반짝 반짝 작은 별 등)의 제목 리스트를 보여준 다음, 그중에서 익숙한 노래를 선택해서 테이블 위에 손가락으로 그 노래의 리듬을 두드리게 했습니다. 반면에 Listener 그룹은 Tapper가 두드리는 소리를 듣고 노래 이름을 알아맞히는 것이 이 실험의 핵심이었습니다.

실험을 실시하기 전에 Tapper들은 Listener들이 절반 정도는 알아맞힐 것으로 예상했습니다. 하지만 실험의 결과는 예상을 크게 빗나갔습니다. 120개 노래 중에서 단지 3개만을 맞춰서 성공률이 단 2. 5%에 불과했던 것입니다. Tapper 들은 자신들이 테이블에 두드리는 소리를 Listener도 당연히 함께 알 수 있을 것이라고 생각했지만 결과는 전혀 그렇지 못했습니다.

저 역시 유사한 개인적인 경험이 있습니다. 2012년도에 생각지도 못했던 금융 회사에 재취업을 하게 되었는데, 첫 직장이었던 투자 은행과는 업무 성격이 완전히 다른 상업 은행 쪽이었습니다. 금융의 전반적인 흐름은 유사하다고 해도 업무 내용이 생소했습니다.

어느 날, 임원회의 때 곧 있을 그룹 임원 워크숍에서 진행할 우수사례(Best Practice) 발표 시연이 있었습니다. 담당 본부장이 발표하고 나자 대표이사께서 불쑥 제 의견을 물었습니다. 입사 후 1달도 채 되지 않은 시점이라 아직 업무 전반의 내용도 익숙하지 않은 시점이어서 당황스러웠으나 업무 초심자로서 의견을 조심스럽게 꺼냈습니다.

발표를 청취하는 대상이 그룹 내 제조업체 임원들이나 타 금융 업종 소속 임원들이고 더구나 금융 용어가 익숙하지 못한 그룹 회장님도 배석하는 자리인데 저도 아직 이해하지 못하는 영문 약어로 된 업계 용어는 듣는 사람의 눈높이에 맞춰 쉽게 풀어야 하지 않겠느냐는 것이 요지였습니다.

대표이사를 비롯한 임원 모두가 고개를 끄덕였습니다. 그들 사이에서는 너무나 익숙한 용어들이었지만 초심자인 제게는 낯설었기 때문에 제가 그런 제안을 할 수 있었습니다.

이러한 '지식의 저주'는 우리들도 예외 없이 일상에서 자주 느낄 수 있습니다. 예를 들면 아이들이 갑작스럽게 질문할 때입니다. 질문에 답을 해주려고 나름 열심히 설명을 했지만 아이들의 반응은 시큰둥합니다. 그동안 너무나 당연하다고 생각하고 있던 탓에 아이들이 이해하기 힘든 용어로 설명했기 때문이었습니다. 참으로 곤혹스러웠던 경험이었지만 이러한 경험이 저만의 경우는 아니리라 생각합니다.

일상에서 만일 내 말을 잘 알아듣지 못하는 상대방 때문에 답답한 적이 있었다면, 조직 내에서 함께 일하면서도 서로 소통이 잘 되지 않는다고 느끼고 있다면, 혹시 나만의 리듬을 머릿속에 그리며 테이블을 두드리고 있는 Tapper가 아닌지 다시 한 번 생각해봐야 하지 않을까요?

5.

독서 1,000권의 의미

며칠 전 대학 후배와 오래간만에 점심식사를 같이했습니다. 같이 홍콩에서 근무하면서 알게 된 후배입니다. 금년 초모 회사의 감사직을 퇴임하고 지금은 한 대학에서 강의를 하고 있습니다.

대화 중에 그 후배는 제가 보내주는 글들을 보면서 저의 독서의 범위가 매우 다양하고 풍부함에 깊은 인상을 받았다고 하면서, 편식 성향이 있는 본인의 독서 습관을 어떻게 변화시킬 수 있을까 의견을 구해왔습니다.

저도 딱히 좋은 방법이 있는 것은 아님을 전제로 일단 책 1,000권을 읽어보면 길이 보이지 않겠느냐고 조언해주었습니다. 이미 많은 독서광들이 실증해 보이고 있는 조언입니다.

평소 주위에 '책 많이 읽는 사람'이라는 인식을 주었던 저도 사실은 생각보다 많이 읽는 편은 아니었습니다. 그나마 젊은 시절에는 독서의 범위가 업무 관련 서적에 편중되어 있었고, 나이 40이 넘어서서 비로소 인문학 도서에 눈길이 가기 시작한 정도였습니다.

독서에 대한 자각에 불이 붙은 계기는 2001년 순탄하던 직장 생활 20년 만에 처음으로 겪은 낙마 때문이었습니다. 회사의 주요 보직에서 밀려나 최악의 상태로 평가받던 일선으로 좌천되면서 비로소 정신이 번쩍 들었습니다. 당시 고통스러운 자기반성 끝에 내린 스스로의 판단은 '경쟁력 상실'이었고, 이것은 그동안 익숙함과 편안함에 안주해왔던 결과였습니다. 안이한 생활의 결과는 총각 시절보다 무려 24kg이나 불어난 체중으로도 나타났습니다.

그날 이후 체력과 지력을 회복하기 위해 새롭게 제 자신을 세팅(setting)하기로 했습니다. 제 삶의 두 축을 매일 2만 보

이상의 속보와 월 10권 이상의 독서로 잡아서 실행에 옮기기로 한 것입니다. 처음에는 어려움이 많아서 목표량을 채우는데 급급했습니다. 그러던 중 2004년 7월부터 뒤늦게 프랭클린 플래너를 사용하기 시작하면서 운동량과 독서량을 체계적으로 기록하기 시작했습니다. 2005년부터 기록한 독서량은 현재 1,600여 권 정도입니다.

후배에게 그나마 조언을 해줄 수 있었던 것은 많은 선각자들의 조언처럼 저 역시 1,000권의 책을 읽고 난 이후부터 어렴풋한 방향이 보이기 시작했던 경험이 있기 때문입니다.

독서의 중요성에 대한 강조는 그동안 수많은 인사들의 입을 거쳐왔습니다.

"오늘날의 나를 만든 것은 동네의 공립 도서관이었다. 훌륭한 독서가가 되지 않고는 참다운 지식을 갖출 수 없다. 하버드 졸업장보다 소중한 것이 독서하는 습관이다."라는 빌 게이츠의 말이 가장 많이 인용되는 구절일 것입니다.

영화감독 스티븐 스필버그 역시 대단한 독서광입니다. 그는 드림웍스 본사에 직원용 도서관을 웬만한 대학 도서관 못지않게 꾸며 놓았습니다. 창의력과 상상력의 원천이 책에 있음을 누구보다 잘 알기 때문입니다.

'학습의 힘'으로 세계를 제패한 기업인도 있습니다. 근무력증으로 장기 입원해 있는 동안 『손자병법』을 비롯한 고전 4,000여 권을 독파한 뒤 가로 5자, 세로 5자, 총 25자로 이뤄진 '제곱병법'이라는 독자적인 경영 전략을 창안한 손정의 일본 소프트뱅크 회장이 대표적입니다. 야나이 다다시(柳井正) 유니클로 회장은 피터 드러커의 '고객 창조' 아이디어를 응용해 전 세계에서 1억 장 넘게 팔린 슈퍼 히트 상품 '히트텍'을 내놓았습니다.

거스 히딩크 감독 역시 독서광입니다. 그는 소설과 역사책을 무척 즐긴다고 합니다. 대표 팀을 이끌고 유럽 전지훈련에 나섰을 당시 코치들은 책만 잔뜩 들어 있는 히딩크의 가방을 보고 놀랐다고 합니다. 월드컵 직전에도 스포츠 심리학 관련 서적을 집중적으로 읽으면서 치밀하게 준비했다는 그입니다.

우리와 너무 먼 사람들의 이야기 아닌가 생각하는 분도 계실 것 같아서 최근 어느 신문에 소개된 내용을 하나 소개합니다.

국내 1위 계란 유통기업 '조인'의 한재권 회장은 초등학교 졸업이 정규 학력의 전부입니다. '조인'은 전국 20여 개 농장에서 하루 200여 만 개의 계란을 생산해 연간 7억 개 정도를 대기업과 대형 마트에 주로 공급합니다. 흥미로운 것은 그가 숱한 한계를 돌파하고 우뚝 선 비법이 '학습의 힘'이라고 밝힌 점입니다.

10년 넘게 매월 7,000km씩 스스로 운전하며 전국을 돌던 그는 40세 때 배움에 대한 갈증을 심하게 느끼게 되어 운전기사를 고용했습니다. 그러고는 자동차 뒷좌석을 독서실 삼아 하루 4~5시간씩 경영·경제·회계·미래 서적을 탐독했습니다. 그의 말입니다.

"피터 드러커 박사와 이나모리 가즈오 회장의 저서는 모조리 밑줄 쳐가며 읽고 또 읽었어요. 해당 부분을 회사 업무에 어떻게 적용할지 직원들과 토론했지요."

이렇게 정독한 서적만 1,000권이 넘는다고 합니다. 매일 아침 5시 이전에 일어나 조찬·만찬 학습 프로그램에 참석해서 경영 노하우와 세계 흐름에 눈을 떴고, 새벽 전화 강의와 휴대폰 앱 강좌로 대학원생 뺨치는 외국어 실력과 인문학 식견도 갖췄습니다. 이런 노력을 20년 동안 계속하여 2010년에 매출 1,000억 원을 넘는 '기적'이 찾아왔고, 다시 4년 만에 그 배가 되었다고 합니다.

100여 개의 직영 매장에 직원 2,500여 명을 둔 한국 미용업계 최강자 '준오 헤어'의 강윤선 대표의 비밀 병기 역시 '학습'입니다. 대학 진학은 꿈도 꾸지 못한 채 기술고등학교를 졸업하고 미용실을 연 그는 책에서 인생과 경영을 배웠습니다. 그리고 종업원 5명의 동네 미용실을 세계적 헤어 그룹인 웰라가 뽑은 '세계 10대 미용 기업'으로 만들었습니다. 21년째 전 직원을 상대로 독서 경영을 하는 강 대표는 독서를 통해 생각이 깊어지면 창의력이 생기고 손놀림까지 유연해져 업무 능력도 향상된다고 했습니다. '준오 헤어'의 헤어 디자이너 1,000여 명 가운데 200여 명이 1억 원 넘는 연봉을 받는다고 합니다.

세계 경기 전망이 불투명해지면서 한국 기업의 앞날은 가시밭길입니다. 이런 상황을 타개할 본원적 힘은 구조 조정이나 사업 재편 못지않게 내면의 깨달음과 태도의 변화에서 나온다고 생각합니다. 많은 전문가들은 '학습의 힘'에 목말라 하며 솔선하는 기업의 리더가 더 많아질 때 한국 경제에 빛이 비칠 것이고, 불황을 타개할 수 있는 방안이 될 것이라고 제시합니다.

며칠 전 일본 도쿄에서 일하고 있는 아들아이가 Facebook으로 문자를 보내왔습니다. 최근 '리디북스'라는 앱(App)을 이용해서 본격적으로 독서를 시작했다면서, 주로 출퇴근할 때 지하철에서 시간을 활용한다고 했습니다. 직장에 들어가서 독서의 중요성을 새삼 절감했다고, 저에게 도서 추천을 부탁하기도 했습니다. 듣던 중 반가운 소식이었습니다.

그동안 저희 아이들은 책에 관한 한 저희 집은 얼리 어답터(Early adaptor)라는 자부심을 가져왔습니다. 틈틈이 책을 손에 잡는 부모의 모습을 보고 자랐으면서도 아직 체계적인 독서인이라고 하기에는 미흡한 모습이었습니다. 물론 저 역시 독서의 중요성을 누누이 강조해왔고 아이들 역시 그 필요성을 느끼기는 했지만 관심의 언저리에서만 머물다가 드디어 스스로 마음을 다잡기 시작한 것입니다. 역시 자각보다 더 나은 방안은 없는 것 같습니다.

"좋은 책을 읽는다는 것은 과거의 가장 훌륭한 사람들과 대화하는 것이다."라는 데카르트의 잠언처럼, 겨울의 문턱에서 '거인들의 어깨 위에 서서' 우리의 지평을 넓혀주는 독서에 심취해보면 어떨지요?

6.

<복면 가왕> 프로그램이
우리에게 주는 교훈

요즘 유난히 저의 호기심을 자극하는 프로그램이 있습니
다. 일요일 저녁 MBC에서 방영하고 있는 〈복면가왕〉입니다.
집에서 TV를 볼 시간이 거의 없는 상황이지만, 그래도 가급
적 본방 사수를 고집하고 있는 유일한 프로그램입니다.

그로테스크한 가면을 쓴 출연자들이 독특한 닉네임으로
소개되며 무대에 등장합니다. 그리고 뛰어난 가창력, 감성과
노래 실력으로 무대를 장악합니다. 음색이나 창법에 변화를
주어서 누군지 좀처럼 정체를 알아채기 힘듭니다. 1:1 경선에
서 탈락하면 그제서야 가면을 벗습니다. 전혀 예상치 못한 출
연자의 민낯이 드러나면 놀라운 반전에 관객들의 탄성과 환

호가 이어집니다. 그들은 잊혀진 가수, 아이돌 멤버, 영화배우, TV 탤런트, 성우 등의 숨은 실력자들이었습니다. 때로는 가슴 찡한 사연도 소개되고, 어렵고 힘든 역경을 이겨낸 감동스토리에 격려의 박수도 쏟아집니다.

전 직장에서는 1995년 신입사원 면접에서 '블라인드(Blind) 면접 제도'를 적용하기도 했습니다. 선정된 차·과장급 면접위원들에게는 응시자의 '전공'만 표기되고, 다른 일체의 사항은 가려진 채점표가 주어졌습니다. 일체의 편견을 배제하고 그 사람 자체만 평가해달라는 주문이었습니다. 저는 주로 뻣뻣하게 경직되어 앉아 있는 응시자들의 긴장을 풀어주는 역할을 자청했습니다. 요즘 유행하는 노래가 뭐냐고 물으면 굳어 있던 8명 응시자의 얼굴에 어렴풋이 미소가 어립니다. 한번 불러보겠느냐는 요청에 그들은 숨어 있던 끼를 마음껏 발산했습니다. 특정 외국어가 가능하다는 지원자에게는 그 언어로 상황을 소개해보라고 부추기기도 했습니다. 그들은 거침이 없었습니다.

그때 입사했던 후배들의 출신 대학은 그야말로 다채로웠

습니다. 놀랍게도 당시 김영삼 대통령의 청와대 만찬에 초대
받은 각 대학 수석 졸업자들의 상당수가 바로 그 신입사원들
이었습니다.

"너도? 그러는 너도?" 그들의 후일담입니다.

우리는 겉모습만 보고 사람들을 쉽게 평가합니다. 우리는
다른 한편으로는 진솔한 내면을 다지려고 하기 보다는 '스펙'
의 허상을 좇습니다. 그리고 그 스펙마저도 관리하려고 듭니
다. 〈복면가왕〉에서 가면을 쓴 출연자들은 한결같이 가면 속
에서 마음 편히 자신을 드러냈노라고 소감을 밝혔습니다.

오래전 후배의 추천으로 『가야산으로의 7일간의 초대』라
는 책을 읽은 적이 있습니다. 저자인 권기현 교수는 대학 재
학 중 행정고시 합격, 행정고시 연수원 수석 졸업, 3년 만에
하버드 석·박사학위 연속 취득, 미국 정책학회가 선정한 최우
수 박사학위 논문상 수상 등 엘리트 코스를 고속 질주하던
장본인이었습니다. 그러던 어느 날 권 교수는 '스스로가 알고
있는 나'와 '남이 바라보는 나'와의 심각한 괴리를 깨닫고 존

재론적 회의론에 빠졌다고 했습니다.

저자는 가야산의 마음 수련원에서 3주간의 '마음수련'을 통해 본래의 자아를 되찾고 깨달음을 얻었다고 했습니다. 마침내 그는 '진아(眞我)'를 찾고 행복과 평안을 얻을 수 있었다고 회고하고 있습니다.

우리는 겉모습이 진정한 자아(自我)인 줄로 착각하는 경우가 많습니다. 그러나 인간의 심리와 능력은 빙산의 일각에 불과하다고 합니다. 유명한 '조해리의 창(Johari's Window)'이론이 이를 설명하고 있습니다.

미국의 심리학자인 조셉 루프트(Joseph Luft)와 해리 잉햄(Harry Ingham)의 이름을 딴 '조해리의 창(Johari's Window)'은 관계의 문제에 있어서 나를 보는 방법을 '4가지 창'의 도형으로 설명하고 있습니다.

첫째, 공개된 자아(Open self)는 문자 그대로 공개된 외모, 학식, 출신 배경 등을 말합니다.

둘째, 숨겨진 자아(Hidden self)는 자신만의 은밀한 욕구나 야망을 의미합니다.

셋째, 눈먼 자아(Blind self)는 다른 사람에게는 보이지만 정작 자신은 보지 못하는 부분입니다.

넷째, 미지의 자아(Unknown self)는 자신은 물론 다른 사람도 보지 못하는 부분입니다.

'조해리의 창'은 자기 정체성을 찾는 훌륭한 도구입니다. 내가 모르는 내 영역이 좁아질수록 자기 이해가 정확해지기 때문입니다. 우리가 보고 듣고 느끼는 것은 실체가 아닌 그림자에 불과하다는 플라톤의 명언도 참고가 됩니다.

이와 같이 우리 모두가 편견의 허상에서 벗어나 내면의 본질을 직시하게 될 때 우리 사회도 건강하고 성숙한 사회, 격조 있는 사회로 탈바꿈할 수 있지 않을까, 하는 생각을 했습니다.

٦.

진심만이
마음을
움직일 수 있다

'팝의 디바' 머라이어 캐리(Mariah Carey)의 내한 공연에 대한 잡음이 끊이지 않고 있습니다. 팬들은 최악의 공연이었다고 입을 모아 분개하고 있습니다. 공연 중 무성의해 보이는 태도에 대해서도 질타가 이어지고 있습니다. 내한 공연 주최 측이 해명에 나섰지만 이것이 오히려 논란의 불씨를 지피고 있는 상황입니다.

모름지기 대중 앞에서 본인 이름을 걸고 하는 모든 퍼포먼스(Performance)는 최선을 다해야 한다는 점에서 이론이 있을 수 없습니다. 2009년 5월, 가수 이소라 씨가 자신의 공연에 대해 만족하지 못했다고 자진해서 공연 티켓을 환불해주었을 때, 지나치다는 반론도 있었지만 프로로서의 자세는 높이 평가할 만했다는 것이 중론이었습니다.

비단 공연만이 아니라 강연도 마찬가지입니다. 2006년에 저명한 자기 계발 강사의 사내 강의를 들은 적이 있습니다. 원래는 신입사원 연수 과정의 하나로 기획되었다가 전 직원을 대상으로 하면서 무대가 대강당으로 확대되었다고 들었습니다. 큰 기대를 가지고 일부러 시간을 내어 참석한 저는 무성의한 준비와 즉흥적인 짜깁기식 내용을 접하고 실망을 넘어 화가 나기까지 했습니다. 준비가 미흡한 것은 본인이 더 잘 알 텐데, 저렇게 하고도 수백만 원의 강의료를 챙겨가는 양심을 의심했습니다.

얼마 전 모 협회가 주최한 워크숍에서 진행된 건강관리 특강에서도 실망을 넘어 분노마저 느꼈습니다. 90년대에 TV에 빈번히 등장했던 이 원로 의사는 신변잡기인 자기 자랑만 실컷 늘어놓더니 시간도 채우지 않고 강연장을 빠져나갔습니다. 허울 좋은 사회적 타이틀로 도배한 이 인사에게, 70이 넘은 연배에 노욕이 아닌가 하는 연민의 정마저 느꼈습니다.

저는 사내 강의는 여러 번 해보았지만 사외 강의는 1994년 가을, 곤지암 연수원에서 진행한 주택은행 사원 대상 연수가 처음이었습니다. 주제는 '금융 산업의 국제화'와 관련된 내용이었습니다. 당시에는 OHP(Overhead Projector)를 사용해서 프레젠테이션(presentation) 형식으로 진행하는 것이 주류였습니다. 경제조사팀 베테랑 직원의 도움을 받아서 성의껏 준비한 필름으로 강연을 시작했습니다. 그러나 얼마나 긴장했던지 시작부터 필름을 거꾸로 놓는 실수를 저질렀습니다. 당황해서 어쩔 줄 몰라 하는 저에게 연수생들은 따뜻한 웃음과 격려의 박수를 보내주었습니다.

특강 시간이 점심시간 직후여서 졸음이 쏟아지는 시간임을 감안해서 최신 가요 테이프, 넌센스(nonsense) 조크 모음, 재미있는 경험 등 졸음 방지책을 몇 가지 준비해 갔습니다. 연수생들의 격려로 평상심을 되찾고부터는 준비해 간 다양한 실례 및 경험을 소개하며 열정적으로 강의를 시작했습니다. 그리고 대리 승진 시험을 목전에 두고 책상 밑으로 눈길을 주며 공부하던 연수생들도, 연신 하품을 하며 졸음을 억지로 참던 연수생들도 모두 귀를 쫑긋 세운 가운데 강연을 무사히 마쳤습니다.

주택은행 연수원에서 그다음 주에 연락이 왔습니다. 강연 피드백(feedback)이 매우 좋았다고 하면서, 다음 달 2주 연속으로 토요일에 같은 주제로 강연이 가능한가를 물어왔습니다. 아쉽게도 싱가포르 출장이 예정되어 있어서 요청에 응하지는 못했습니다만 기분은 썩 좋았습니다.

첫 외부 강연 경험에서 배운 '진심어린 준비'는 그 이후 빈번해진 외부 강연 요청을 받을 때마다 스스로에게 묻는 질문의 핵심이 되었습니다. 제가 잘 아는 기업 전문 강사의 말이 생각납니다. 목전의 기회를 놓치기 싫어서 잘 알지도 못하고 준비마저 덜 된 강의를 하고 나면 반드시 후폭풍이 거세다는 것입니다. '업계 선수들' 사이에 암암리에 악평이 떠돌고, 초대 리스트에서 제외된다고 합니다. 세상일은 어느 것이나 같은 것 같습니다.

진심만이 가슴을 움직일 수 있습니다.

8.

프랭클린 플래너와
함께한 12년

2004년 7월, 처음으로 프랭클린 플래너를 구입했습니다.
이전에는 회사 업무용 수첩에 기록하거나 탁상용 달력에 간
단한 메모를 하는 것이 전부였습니다.

1994년, 『성공하는 사람들의 7가지 습관』이라는 책이 전
국 서점가를 강타했습니다. 스티븐 코비 박사가 1989년에 저
술한 『7 Habits of highly effective people』의 우리말 번역본이었습니
다. 전 세계 38개국에서 1,500만 부가 번역 출간된 베스트셀
러라는 소개에도 불구하고 '성공하는'이라는 책 제목이 왠지
통속적인 느낌이 들어서 썩 내키지는 않았으나 일단 구입해

서 읽어보기로 했습니다. 아직 때가 아니었는지 100여 페이지를 억지로 읽다가 중단하고 책꽂이에 꽂아 놓고 까맣게 잊어버리고 있었습니다.

그로부터 10년이 지난 2004년 어느 날, 손아래 동서가 저희 집에 놀러 오는 길에 아내에게 책을 한 권 선물했습니다. 바로 그 책이었습니다. 시간이 없으면 이 부분부터 읽어보라고 책갈피 표시까지 해왔습니다. 문득 오래전에 책꽂이에 꽂아놓은 그 책이 생각났습니다.

책도 읽히는 적절한 시기가 있는 것 같습니다. 10년 전에는 지루하게만 느껴졌던 내용들이 확대경으로 확장되듯이 머릿속에 쏙쏙 들어오기 시작했습니다. 직장 생활 20년 만에 처음으로 겪은 좌절의 시기를 극복한 직후라 더욱 큰 공감이 갔습니다. 한 번 읽는 것으로는 성이 차지 않아 네 번까지 읽었습니다. 리서치 센터장 시절에는 이 책을 대상으로 직원 독서토론 워크숍을 갖기도 했습니다.

프랭클린 플래너는 바로 그 책 뒷면의 안내문을 보고 알게 되었습니다. 물론 많은 사람들이 각자의 방법으로 다이어리를 사용하면서 적극적인 시간 관리를 합니다. 제가 그중에서도 프랭클린 플래너를 선택한 것은 '우선순위 지정 기능' 때문입니다. 매일의 할 일을 적고 나서 각각의 우선순위를 정하기 위해 먼저 '업무의 중요도(A-C)'를 구분하고, 그중에서도 '긴급한 것의 순서(1-3)'를 지정합니다. 긴급하지만 중요하지 않은 일, 시간이 오래 걸리고 중요한 일들을 순서에 맞게 배치하여 업무의 효율을 높이는 것입니다.

이제 프랭클린 플래너는 제 삶의 가장 중요한 일부분이 되었습니다. 16년간의 저를 둘러싼 거의 모든 기록이 고스란히 담겨 있기 때문입니다. 언젠가 안성 어머니 댁에서 서둘러 귀경하다가 플래너를 놓고 온 적이 있습니다. 어머니 댁에서 가장 가까운 분당에 살고 있는 막내 여동생이 일부러 찾아와서 택배로 보내줄 정도로 주위 사람들도 인정할 정도가 되었습니다.

9.

Johns Hopkins University

어제 배달된 〈주간 매경 이코노미〉는 '건강 기능 식품'에 대한 내용을 커버스토리로 다루고 있었습니다. 내 몸에 맞는 건강식품이 무엇인지 알아보는 분석 보도 자료입니다. 홍삼을 필두로 비타민, 무기질, 프로바이오틱스, 밀크시슬 추출물, 알로에 등이 가장 많이 찾는 식품이라고 전했습니다.

이를 조금 더 근본적인 질문으로 바꿀 수도 있을 것입니다. 즉, 우리 몸에 없어서는 안 되는 원소(元素)가 무엇인지가 그 한 예입니다.

과학자들은 보통 자연계(지구)에 있는 원소는 모두 92종인데, 우리 몸을 이루는 데 필요한 원소는 모두 28개라고 이야기합니다. 그리고 이들 중에 포유동물에 필요할 것 같은데 생화학적 기능은 불명확한 원소들을 제외하면 대략 20개 내외의 원소가 인체에 존재하고 또 필요하다고 합니다.

가뜩이나 생각할 것도 많은데 이런 것까지 굳이 애써 기억할 필요가 있는가 싶지만 제가 중학교 2학년 시절 생물 과목을 가르치셨던 정천일 선생님께서는 단 한 차례의 강의로 학생들의 머릿속에 다음과 같은 내용을 평생 각인시켜 놓으셨습니다.

당시 선생님께서는 수업 중에 "미국에 존스 홉킨스 대학 (Johns Hopkins University)이라는 유명한 의과대학이 있다."고 말문을 여시면서 학생들이 귀를 쫑긋 내밀게 하셨습니다. 그러고는 "특이하게도 그 학교 앞에는 소금($NaCl$:염화나트륨)과 마그네슘을 파는 카페가 있다."고 하시면서 호기심을 더욱 자극했습니다. 그리고 'Johns'를 'C'로 바꾼 대학 이름의 영어 스펠링을 다음과 같이 칠판에 적으셨습니다.

'C HOPKINS CaFe sells NaCl & Mg'

이 스펠링 안에 인체에 필요한 원소 기호가 다 들어가 있었던 것입니다.

C = 탄소, H = 수소, O = 산소, P = 인, K = 칼륨, I = 요오드, N = 질소, S = 황, Ca = 칼슘, Fe = 철, Na = 나트륨, Cl = 염소 그리고 Mg = 마그네슘

당초의 20여 개보다 적은 13개의 원소 기호인 것은 아마 당시 중학생 수준으로 조절된 것이 아닌가 싶습니다만 어떻습니까? 여러분도 단번에 암기가 가능하시겠지요?

4년간의 물고문
그리고 MBTI

저희 아파트 단지에는 매년 5월 말이면 화분 분갈이를 전문으로 하는 부부가 찾아옵니다. 보통 아파트 관리 사무소 앞에 자리를 잡고 2주 남짓 머무르다가 다른 단지로 옮겨갑니다.

2010년 6월 1일, 결혼 25주년 기념일에 그곳에서 행운목 (幸運木)을 한 그루 샀습니다. 처음부터 나무를 살 생각이 있던 것은 아니었습니다. 예전에 지금의 아파트로 이사 올 때 남동생이 집들이 선물로 사온 소철(蘇鐵)의 상태가 어쩐지 시원치 않아서 상담 차 방문을 요청한 것인데, 그만 말주변이 좋은 분갈이 아저씨의 수완에 넘어간 것입니다.

분갈이 아저씨는 14년간 자란 소철을 품기에는 화분이 작다면서 큰 화분에 옮겨 심을 것을 권했고, 소철이 있던 화분에는 행운목을 길러보라고 했습니다. 행운목이라는 이름의 어감도 좋은 데다가 기르기 쉽다는 말에 넘어가서 덜컥 산 것까지는 좋았는데, 시간이 지날수록 왠지 생기를 잃어가는 나무를 보면서 '물만 잘 주면 된다고 했는데 왜 이럴까?' 고개를 갸우뚱거리면서 세월만 보냈습니다.

그러던 작년 5월 말, 어김없이 분갈이 부부가 또 다시 아파트 단지로 찾아왔습니다. 이번에도 분갈이 아저씨의 뻔하지만 솔깃하게 만드는 말주변에 또 넘어가 다시 산호수(珊瑚樹)와 만리향(萬里香)을 샀습니다. 그런데 산 지 며칠 지나지 않았는데 산호수의 잎이 생기를 잃은 채 모두 고개를 떨구고 있는 것을 보고 놀라서 득달같이 분갈이 아저씨를 찾았습니다. 그 아저씨의 말을 듣고서야 비로소 제가 물을 너무 적게 주었다는 것을 알게 되었습니다. 분갈이 아저씨는 옆에 있던 행운목도 유심히 보더니 역시 물이 부족하다고 했습니다. 한 번 줄 때 물을 흠뻑 주어야 한다는 것이었습니다.

신기하게도 고개를 숙이고 있던 산호수의 잎들은 물을 흠뻑 주자 금세 고개를 뻣뻣하게 치켜 올렸습니다. 그리고 얼마 지나지 않아 시들하기만 했던 행운목 역시 생기를 되찾고 심지어는 새순까지 올려 보내고 있었습니다. 그렇습니다. 그동안 저는 행운목에게 물고문(拷問)을 가하고 있었던 것입니다. 필요한 양의 물을 충분히 받지 못한 행운목은 지난 4년간 최소한의 생명을 유지하려고 몸부림을 쳐 온 것입니다.

'무지(無知)에 의한 물고문'은 이뿐만이 아니었습니다. 몇 년 전, 전(前) 직장 후배가 이웃에 살다가 서울로 이사 가면서 선물로 주고 간 관음죽(觀音竹)을 역시 물고문 끝에 죽인 것입니다. 후배는 열흘에 한 번씩 물을 주면 될 것이라고 했습니다. 한동안 괜찮던 관음죽은 언제부터인가 잎이 갈색으로 변하면서 시들시들해져 갔습니다. 깜짝 놀라 주위에 물어보니 물을 너무 많이 주는 것 같다고 했습니다. 그 후로는 물을 조심조심 주었음에도 불구하고 결국 버텨내지 못하고 죽은 관음죽을 안타깝게 버려야만 했습니다. 관음죽은 분토가 너무 마르는 것을 싫어하지만, 수분이 너무 많게 되면 뿌리가 상하는 성질도 있어서 물주는 방법이 나쁘면 뿌리에 이상이 생겨 잎 끝이 시들면서 죽는다는 것을 뒤늦게 알았습니다.

결국 관음죽은 물을 너무 많이 주는 물고문으로 죽이고, 행운목은 물을 너무 적게 주는 물고문으로 고통을 주어왔던 것입니다. 식물에 따라 관리하는 방법이 모두 다른 것을 충분히 숙지하지 못한 데 따른 결과입니다.

그런가 하면 물을 적게 주던 많이 주던 언제나 나비 같은 모양의 큰 자주색 잎을 펄럭이면서 무리를 이루고 있는 사랑초는 기억조차 가물가물할 정도로 오랫동안 저희 베란다의 한 켠에 자리잡고 있습니다. 밤이나 날씨가 흐릴 때는 꽃과 잎을 오므리고 있다가도 날이 밝으면 꽃대를 꼿꼿이 세우고 풍성함을 자랑합니다. 겨울에 접어들면 어느새 화분에 흔적이 묘연하다가도 봄이 되면 어디에 숨어 있었는지 다시 곳곳에서 꽃대가 올라와서 곧 무리를 짓는 사랑초는 그때마다 저의 마음을 환하게 지펴줍니다. 과연 '당신과 함께하겠습니다. 당신을 버리지 않겠습니다.'라는 꽃말을 가진 화초답습니다.

관점을 넓혀 생각해보면, 이렇듯 각자의 특성에 맞는 관리를 해주어야 하는 식물처럼 인간관계 역시 상대에 따라 달라져야 하는 것 아닌지요?

아주 오래전에, 사람을 그 타고남에 따라 달리 대해야 된다는 것을 알고 있는 위대한 스승이 있었습니다. 바로 공자(孔子)입니다. 다음은 공자와 제자들과의 대화입니다.

염구(冉求)가 공자에게 물었다.
"의로운 일을 들으면 바로 실천해야 합니까?"
공자가 대답했다.
"실천해야 한다."

그 후에 자로(子路)가 또 같은 질문을 했다.
"의로운 일을 들으면 바로 실천해야 합니까?"

공자가 대답했다.

"아버지와 형이 있는데 어찌 들은 것을 바로 실천하겠는가?"

자화(子華)가 물었다.

"어찌 같은 질문에 대하여 답을 달리 하십니까?"

공자가 말했다.

"염구는 머뭇거리는 성격이므로 앞으로 나아가게 해준 것이다.

자로는 지나치게 용감함으로 제지한 것이다."

우리는 가족 간에도 성격에 따라 각각 달리 대해야 할 필요성을 느낍니다. 가장 흔한 경우가 성격이 다른 부부간의 문제, 그리고 부모와 자녀와의 관계가 아닌가 생각됩니다. 제가 아는 코치 부부인 이백용, 송지혜 씨는 너무 다른 서로의 성격 때문에 오래 동안 심각한 갈등을 겪다가 코칭과 MBTI라는 성격 유형 지표 분석을 접하고서야 비로소 깨달음을 얻어 가정의 평화를 얻고 책까지 펴냈습니다.

MBTI란 '마이어-브릭스 유형 지표(The Myers-Briggs Type Indicator)'의 약어로서, 〈융(Jung, Carl Gustav)의 심리 유형론〉을 근거로 하는 심리 검사입니다. '마이어-브릭스 성격 진단 또는 성격 유형 지표'라고도 하는 MBTI는 모녀 사이인 브릭스(Briggs, Katharine Cook)와 마이어(Myers, Isabel Briggs)에 의해 개발되어 두 사람의 이름을 따라 지은 명칭입니다.

한국에는 1990년에 도입되어 초급, 보수, 중급, 어린이 및 청소년 적용 프로그램, 일반 강사 교육 과정이 개발되었습니다. 성격 유형은 모두 16개로, 외향형(E)과 내향형(I), 감각형(S)과 직관형(N), 사고형(T)과 감정형(F), 판단형(J)과 인식형(P) 등 네 가지의 분리된 선호 경향으로 구성되어 있습니다. '선호 경향'은 교육이나 환경의 영향을 받기 이전에 잠재되어 있는 선천적 심리 경향을 말하며, 각 개인은 자신의 기질과 성향에 따라 각각 네 가지의 한쪽 성향을 띠게 된다는 것입니다. 이에 따라 MBTI는 사람의 성격을 16개의 유형으로 분류하고 있습니다. (예를 들어 ESTJ형, INFP형 등)

이들 부부는 MBTI 검사에 따라 밝혀진 가족 구성원 각
자의 유형을 토대로 서로에 대한 이해를 넓혀 나갔으며, 그
경험을 밑바탕으로 『남편 성격만 알아도 행복해진다』와 『아
이 성격만 알아도 행복해진다』라는 책을 펴냈습니다. 이 책에
서 꼼꼼한 성실남(誠實男) 이백용 씨와 덜렁이 활달녀(豁達女)
송지혜 씨는 부부간, 자녀 간에 서로의 다름의 실체를 인정
하고 이해해가는 과정을 담담하게 술회하고 있습니다.

어쩌다 보니 관상식물의 물 관리 실패 경험의 소소한 이
야기가 사람 사이의 관계론까지 비약하고 말았습니다만, '다
름'에 대한 구체적인 이해와 실천은 식물이나 사람이나 별반
차이가 없지 않는 것 같다는 생각에서 몇 자 적어보았습니다.

11.

제자를 위한
첫 주례

　제가 과거 3년간 몸담았던 경민대학교의 졸업생과 저녁
식사를 같이했습니다. 11월 말에 결혼할 피앙세도 인사차 같
이 왔습니다. 주례 부탁은 이미 지난 3월 말에 받았습니다.
요즘은 예식장 잡기가 만만치 않아서 충분히 시간을 두고 준
비했다고 했습니다. 경민대학교 제자의 결혼식으로는 첫 주례
입니다.

　그 제자는 오늘도 어김없이 10분 전에 도착해서 기다리
고 있었습니다. 제가 교수 시절에 누차 강조했던 '사회생활의
기본'을 충실히 실천하고 있는 훌륭한 제자입니다. '어떤 약속

이던 준비된 상태로 일찍 도착해서 기다리기'와 '독서와 운동으로 몸과 마음을 단련하기'가 몸에 배어 있다고 동행한 피앙세가 증언해주었습니다. 저의 교수 생활의 성공 사례 중 하나여서 몹시 흐뭇했습니다.

의례적인 신혼여행이 싫어서 1달이 넘는 기간 동안 유럽으로 배낭여행을 계획하고 있다고 했습니다. 이미 치밀하게 계획하고 예약도 마쳤다고 했습니다. 부모님의 도움으로 신혼집까지 마련해 놓은 준비된 신랑입니다.

예비부부의 풋풋한 대화를 듣다 보니 점심시간이 훌쩍 지나있었습니다. 청첩장이 나오는 대로 다시 저녁식사를 하기로 하고 헤어졌습니다. 마침 그날 내년 4월에 결혼식 주례를 부탁한 또 다른 제자 예비부부도 인사차 같이 온다고 해서 가슴이 벅찼습니다.

결혼 31년 차인 인생 선배로서 '연애가 멋진 산을 같이 바라보는 것이라면, 결혼은 그 산을 같이 올라가는 것'이라고 가벼운 조언을 해주었습니다.

12.

잊지 못할
드골 공항에서의 일본
아주머니의 무한 친절

1984년 초, 런던 연수는 많은 에피소드를 남긴 여정이었
습니다. 해외여행 자유화 이전이었던 당시에는 런던 행 직항
편이 없었습니다. 런던에 가기 위해서 일본 나리타공항까지
대한항공으로 이동한 후, 대여섯 시간 동안 공항에서 대기하
다 British Airline(영국항공)으로 갈아타고, 다시 앵커리지에 들
려 급유를 한 후 새벽 5시 반에서야 런던 히드로공항에 도착
했습니다. 20여 시간의 긴 여정을 거친 후의 도착이었습니다.
서울에서 오는 손님을 영접하기 위해 런던의 한국 주재원들
은 적어도 새벽 4시까지는 공항에 나가 있어야 한다고 했습
니다. 기류 때문에 1시간 일찍 도착하는 경우도 종종 있기 때

문입니다. 귀국할 때는 대체로 British Airline으로 파리에 도착
한 후 대한항공으로 갈아타고 돌아온다고 했습니다.

1984년 2월 말, 연수를 마치고 귀국 항공편 탑승을 위해
히드로공항에 도착해 보니 British Airline이 사전 예고 없이
파업을 하여 공항은 아수라장이 되어 있었습니다. 할 수 없
이 눈치껏 Air France(프랑스항공)에서 대체 발권을 해서 일단
파리까지 올 수 있었습니다. 그러나 난생 처음 탄 비행기다
보니 초과 수하물 규정 등에 대해 제대로 알지 못한 상황이
어서 런던에서 파리까지 오는 짧은 여정임에도 30만 원이 넘
는 초과 운임을 물게 되었습니다. 파리에 도착해서 한 숨 돌
리고 보니 귀국 항공편의 초과 운임이 슬슬 걱정되기 시작했
습니다.

귀동냥으로 듣기에는 유럽을 빈번히 오가는 비즈니스맨
들은 가방만 달랑 들고 타는 경우가 많다고 했습니다. 그렇
다면 짐을 부탁해볼까 하는 생각이 들었습니다. 지금이야 자
칫하면 마약 운반책의 올가미에 빠져들 위험이 농후하지만
30년 전은 아직 순박한 시대였습니다. 그러나 탑승 시간은 점

점 다가오는데 가방만 든 승객은 보이지 않았습니다. 결국 포기하고 카운터로 향했습니다. 대한항공 직원들은 모두 프랑스인들이었습니다. 제 짐을 보더니 무척 놀란 표정이었습니다. 연수 교재 등 책 짐만도 한 보따리인 데다가 클래식 음악 전문가인 직장 후배의 간곡한 부탁으로 구입한 50여 장의 LP판까지 더해져 총 중량이 100kg이 넘었기 때문입니다.

정확한 기억은 나지 않지만 초과 운임만 140만 원이 넘었습니다. 아마 제 얼굴이 사색이 다 되었던 모양입니다. 여직원이 매니저를 불렀습니다. 매니저가 제 얼굴을 보더니 딱한 생각이 들었던지 수중에 얼마나 있느냐고 물었습니다. 톡톡 털어보니 100프랑(약 10만 원) 남짓밖에 되지 않았습니다. 다행히 매니저의 호의로 상당량의 짐을 덜었음에도 불구하고 손으로 들고 날라야 할 짐이 여러 개 남았습니다.

한숨 돌리고 제 앞의 검은 머리 승객들과 보조를 맞춰서 탑승구로 향했습니다. 그런데 이게 웬일입니까. 막상 게이트에 도착해 보니 대한항공이 아니라 일본항공이었습니다. 대한항공 비행기는 저 멀리에 보였습니다. 도중에 길이 두 갈래로 갈라진 것을 몰랐기 때문입니다. 다급해진 마음에 근처 매점에 있는 아주머니에게 도움을 청했습니다. 일본인이었습니다. 국제부에 근무하면서 업무상 필요해서 조금 배웠던 일본어로 어찌어찌 상황 설명을 했습니다. 제 상황을 듣고 난 일본 아주머니는 근처를 지나가던 프랑스인 공항 직원을 불러 세워 제 짐을 신게 하고, 본인도 짐 하나를 들었습니다. 3명이 짐을 들고 한참을 뛰었습니다. 대한항공 게이트에 도착해 보니 마지막 승객인 저를 찾는 안내 방송이 계속되고 있었습니다. 허겁지겁 비행기에 오르느라 그때 도움을 주신 그 일본 아주머니에게 감사의 인사를 제대로 하지 못한 아쉬움은 지금도 남아 있습니다.

당시에는 그 일본 아주머니 한 사람의 친절인 줄로만 알았습니다. 그러나 이후 업무상의 출장과 개인적인 가족여행으로 일본을 찾을 때마다 보여준 일본인들의 친절은 모두를 감동시켰습니다. 뒤늦게 드골공항에서 있었던 일이 생각나서 제가 잘 아는 일본인에게 30년 전 드골공항 매점에서 근무하던 아주머니를 수소문할 수 있는지 알아봤습니다. 혹시 일본

항공에 이야기하면 찾을 수도 있지 않을까라는 답이 돌아왔습니다. 그때 제 기억으로는 40대 초반 정도의 나이로 보였는데, 그렇다면 지금은 70세가 넘은 할머니가 되어 있을 것입니다. 더 늦기 전에 찾는 시도를 해볼 생각입니다.

13.

삶을
완결한다는 것

1960년에 환갑을 맞으신 조부의 모습은 문자 그대로 노인 그 자체이셨습니다. 그러나 요즈음 환갑을 맞는 지인들은 노인의 모습과는 한참 거리가 있습니다. 1980년까지만 해도 62세였던 우리나라 사람들의 평균 수명은 이제 81세를 넘어서고 있습니다. 바야흐로 장수 시대에 들어섰습니다.

흔히들 장수가 축복이 아니라 오히려 저주일 수도 있다는 말들을 합니다. 오죽하면 장수 리스크라는 말까지 생겨났겠습니까? 그러나 연초에 원로 철학자 김형석 교수님께서는 어느 신문사의 신년 대담에서 제가 미처 생각하지 못했던 새로운 관점을 제시하셨습니다.

1920년생으로 올해 만 99세가 되신 김형석 교수님께서는 "늙는다는 것은 결코 죽음에 다가간다는 의미가 아니라, 삶을 완결한다는 것을 뜻한다."고 서두를 꺼내셨습니다. 교수님은 장수(長壽)란 삶을 완결할 시간이 길게 주어지는 것이라고 말씀하시면서, "정신이 신체를 독려할 수 있는 한계점까지 삶을 잘 완결한다면 바로 그것이 장수다."라고 명쾌하게 정의를 내리셨습니다. 고개가 끄덕여지는 대목입니다.

노년의 삶에 대해서는 일본에서 가장 존경받는 의사였던 히노하라 시게아키(日野原重明) 박사께서 이미 모범을 보여주셨습니다. 100세가 넘은 연세에도 불구하고 현역 진료와 연간 180회의 강연을 소화하며 행복과 열정이 가득한 모습으로 우리에게 깊은 울림을 불러일으키셨습니다. 박사님은 106세를 일기로 세상을 떠나시며, 가기 전에 펴낸 마지막 저서 『살아있는 당신에게』에서 다음과 같이 대선배로서의 마지막 조언을 남기셨습니다.

"죽음과 생명은 나눌 수 없는 것이며 도망갈 수도 없다.

단지 부여 받은 사명을 완수하려고 노력할 뿐이다. 단 한 번 뿐인 인생에서는 삶의 보람이 가장 중요하다. 오늘 기대를 안고 있으면 내일 아침 상쾌하게 눈을 뜰 수 있다."

연초부터 뜬금없이 '노년의 삶'이라는 화두로 심기를 어지럽히지 않았나, 조심스러운 마음이 들기도 합니다. 그래도 김형석 교수님께서 제시해주신 '삶의 완결을 위해서'라는 마음가짐으로 금년 무술년(戊戌年)을 보람 있는 한해로 만들어가길 바라는 마음에서 몇 자 적어보았습니다.

14.

새벽
공항버스 안에서

지난 화요일, 베트남 호이안(Hoi An)에서 개최된 국제회의에 참석한 후 인천공항에서 공항버스를 타고 집으로 돌아가고 있었습니다. 아침 6시의 인천공항 버스 정류장은 이른 시간임에도 불구하고 생각보다 많은 여행객들로 북적이고 있었습니다.

밤샘 비행으로 피곤함에도 불구하고 멀뚱멀뚱한 상태로 자리에 앉아 있는데, 오른쪽 바로 앞 칸에 앉아 있던 승객의 이상한 몸짓이 눈에 들어왔습니다. 희끗희끗한 머리색으로 미루어 70대 노인으로 얼추 짐작이 가는 그분은 휴대폰을 복도 쪽으로 거꾸로 치켜 올려서 무엇인가를 찍으려는 동작을 여러 차례 반복하고 있었습니다.

유심히 보니 바로 옆 창가 쪽에서 턱을 괴고 졸고 있는 부인의 모습을 찍으려는 시도였습니다. 셀카 모드로 바꾸면 쉽게 촬영할 수 있을 텐데 어렵사리 휴대폰을 높이 들어서 촬영 각도를 조정했습니다. 손가락으로 촬영 버튼을 어림짐작으로 더듬어가면서 어렵사리 촬영에 성공한 다음, 사진의 상태를 확인하고 누군가에게 SNS로 보내는 일련의 과정을 지켜보았습니다. 아마도 자녀들에게 엄마의 모습을 보내려는 것이 아닐까 짐작했습니다.

그리고 얼마 후 그 부부가 저보다 앞서 차에서 내리면서 얼굴이 드러났는데, 제 짐작보다 훨씬 연배가 위로 보였습니다. 80세 이상으로 보이는 노부부의 얼굴에는 고요함과 편안함이 자리 잡고 있었습니다. 멈춰 있던 버스가 움찔하며 출발하자 여행 가방이 미끄러졌습니다. 얼른 제가 잡아 세우자 가볍게 목 인사로 감사를 표시하는 노부인의 모습에는 기품도 배어 있었습니다.

새벽녘 공항버스에서 해외여행을 마치고 다정하게 귀가

하는 노부부의 기품 있고 잔잔한 모습은 저에게 깊은 모습으로 인상을 남겼습니다. 느리지만 침착한 동작 하나 하나부터 알게 모르게 서로를 배려하는 깊은 마음 씀씀이, 부인이 베푼 평생의 수고에 대해 고마워하며 인정해주는 마음을 담아 진지하고 다정한 몸짓으로 열심히 사진을 찍던 모습, 그리고 이른 시각에 도착하게 되면 뒤따르기 마련인 자녀의 반가운 마중과 함께 직접 차량으로 모시려는 수고를 덜어주려고 당신들 스스로 대중교통을 이용하는 배려심 등은 저희 부부가 이상적인 미래의 모습으로 갖고 싶은 오늘 새벽의 풍경이었습니다.

15.

선진국이라는
유령

저는 퇴근길에 라디오 채널을 보통 FM 95. 9에 맞추고,
〈김상철의 세계는 우리는〉을 자주 듣습니다. 앵커인 김상철
MBC 논설위원의 균형 감각 있는 절제된 진행이 안정감을 줄
뿐더러, 군고구마 같은 목소리에서 정겨움도 느낍니다. 전임인
어느 교수가 불필요하게 감정을 드러내며 돌발적으로 진행하
는 것이 거슬려서 한동안 다른 채널로 돌렸다가 다시 돌아왔
습니다.

며칠 전 이 채널에서 최근에 포퓰리즘 논란으로 크게 번
져가고 있는 '서울시 청년 수당 지급 정책'과 관련한 전문가 의

견을 듣는 시간이 있었습니다. 지금은 이름이 기억나지 않는 모 연구소 연구원의 찬성 발언 중에 거부감이 드는 내용이 귀에 들어왔습니다.

그 연구원은 찬성의 이유를 잠시 언급하다가 느닷없이 '이는 선진국인 프랑스, 호주에서 이미 시행하고 있는 제도'라고 화제를 돌렸습니다. 앵커가 '그 나라에서는 이미 실패한 정책이 된 것 아니냐?'고 날카롭게 역질문을 던지자, 그 연구원이 얼버무리면서 서둘러 발언을 마무리하고 할애된 시간이 끝났습니다. 노명우 교수가 그의 저서 『세상 물정의 사회학』에서 언급한 '선진국이라는 유령'이 어른거리는 시간이었습니다.

우리는 가보지 않고서도 영국은 신사의 나라라느니, 독일 사람들은 부지런하다느니, 이탈리아 사람들은 쾌활하다느니 등등의 판단을 내리고 또 그것을 철석같이 믿습니다. 그리고 소위 선진국의 문물은 무엇이든 합리적이고 앞선 것으로 치부하는 경향이 있습니다. 노명우 교수는 이러한 '선진국이라는 유령'이 등장한 배경을 조선시대 말엽에 쓰인 유길준의 『서유견문(西遊見聞)』에서 찾고 있었습니다.

유길준은 1881년 신사유람단의 자격으로 일본에, 1884년에는 보빙사의 일원으로 미국에 다녀온 인사입니다. 1882년 조미수호통상조약이 체결된 후, 이듬해 미국의 공사 푸트(Foote, L. H.)가 내한하자 이에 대한 답례와 양국 간 친선을 위해 사절을 파견했는데, '방문(聘)'에 대한 답례(報)'로 파견된 '사절(使)'을 보빙사(報聘使)라고 합니다.

미국에서 대학 입학 예비 고등학교에 진학한 유길준은 2년여에 불과한 짧은 미국 유학을 마치고 유럽을 통해 귀국했고, 자신의 서양 여행을 담은 기록인 『서유견문』을 썼습니다. 『서유견문』에 쓰여 있는 내용은 요즘 여행 안내 책자에서도 흔히 볼 수 있는 별 것 없는 내용이지만 당시에는 '그곳'에 가보지 못한 대부분의 국민들에게는 '선진국이라는 관념의 유령'을 통해 다른 나라와 우리나라의 '내부를 들여다보는 안경'을 선물한 셈이 되었습니다.

서양에 다녀왔기에 전문가가 될 수 있고 사회 지도층이 될 수 있는 이른바 유학생 전성시대는 『서유견문』과 함께 시작되어 지금까지 지속되고 있다는 것이 노명우 교수의 진단입니다. 그것은 가짜 외국 박사 파동이 끊임없이 반복되는 이

유이기도 합니다.

　'그곳'에 다녀온 소위 사회 지도층은 서양이라는 모호한 지리적 개념을 우리가 있는 '이곳'을 지배하기 위한 수단으로 둔갑시킵니다. 그들은 서양을 슬며시 선진국이라는 기호로 환치하고, 우리에게 선진국이라는 기호 앞에서 한없이 작아지도록 열등감을 불어넣고선 그들을 따라잡기 위해서 성장 또 성장이 필요하다는 해법을 제시합니다. 그들의 선진국 타령은 내부의 갈등을 잠재우기 위해서 단골로 사용하는 메뉴이기도 합니다. 그들은 입만 열면 '미국에서는요…' 또는 '선진국에서는요…'를 들먹이며 자신의 주장을 정당화합니다. 아까 시사 프로그램에서 들은 연구원의 발언 역시 같은 맥락에서 비롯된 것이 아닌가 짐작합니다.

　정말 뿌듯하게도 이제 우리는 어느 정도 '선진국이라는 유령'의 홀림에서 벗어나고 있는 것 같습니다. 반기문 UN 사무총장과 김용 세계은행(World Bank) 총재는 당당히 국제사회를 이끌고 있고, 2005년에 작고한 이종욱 세계보건기구 사무

총장도 '백신의 황제'라고 불리면서 전 세계의 위생 및 보건 대책, 구호 사업 등 의료 분야에 크게 공헌했던 한국인입니다.

　다른 모든 분야에서도 우리나라의 약진은 눈부십니다. 불과 며칠 전 우리나라 야구 대표 팀은 당초 사상 최약체 팀이 아니냐는 우려를 불식시키고 야구의 본고장 팀들을 연파하며 세계 정상에 올랐습니다. 과거 같으면 어딘가 주눅이 든 상태로 쭈뼛거릴 수도 있겠지만 이제 우리나라의 젊은이들은 '선진국이라는 유령'을 걷어낸 지 오랩니다. 얼마 전에 끝난 U17 월드컵에서도 축구 종주국 브라질을 꺾은 우리 청소년들은 경기 결과가 하등 이상할 것이 없다는 당당함을 보여주었습니다.

　다른 스포츠 종목에서도 우리의 젊은이들은 이제 거침이 없습니다. 양궁에서 시작되어 쇼트 트랙을 거쳐 세계 여자 골프마저도 한국 낭자들의 앞마당이 되었습니다. '암벽 등반'이라는 다소 생소한 분야의 세계 1인자의 자리도 '김자인'이라는 1988년 생 우리나라 젊은이의 몫입니다.

　각종 해외 음악 콩쿠르의 상단에는 '순수 국내파' 한국 젊은이들의 이름이 올라 있습니다. 손열음, 김선욱에 이어, 가장 최근에는 1994년생 피아니스트 조성진 군이 쇼팽 콩쿠르에서 우승을 차지했습니다. '문화 한류'는 전 세계에서 맹위를 떨치고 있으며, 우리나라 가요가 외국에서 번안되어 불리고 있습니다.

2002년에는 역표절의 넌센스 해프닝도 있었습니다. 월드컵 16강전에서 우리나라에게 패배한 이탈리아가 분풀이로 우리나라 가수 이정현이 부른 〈와〉가 자국 작곡가의 곡을 표절했다는 공개적 시비를 걸어왔습니다. 결국 이탈리아 작곡가가 이정현의 〈와〉를 거꾸로 표절한 것으로 드러나 국제적 망신을 자초했던 일도 있었습니다. 자칭 선진국의 오만의 극치가 아닐 수 없었습니다.

영화계에서는 〈엽기적인 그녀〉, 〈파이란〉, 〈시월애〉, 〈올드 보이〉 외에도 많은 수의 우리 영화의 판권을 헐리우드(Hollywood)가 구입해서 리메이크하기도 합니다. 그런가 하면 과거 주로 일본 TV 프로그램을 베껴왔던 우리가 이제는 TV 프로그램 콘텐츠를 수출하는 입장으로 바뀌었습니다. 그리고 며칠 전에는 60년 전 우리에게 선진 의술을 전수해준 미국 미네소타 대학 의료진이 서울 아산병원에 '생체 간 이식' 연수를 요청해왔다는 기사를 접했습니다. 금석지감(今昔之感, 지금과 옛날을 비교해볼 때 변화가 너무 심한 것을 보고 일어나는 느낌)이 들지 않을 수 없습니다.

오늘 아침 KBS 2TV의 국내 명승지를 소개하는 프로그램에서 한 관광객이 "정말 아름다워요. 마치 외국에 온 것 같아요."라는 말을 무심코 내뱉는 것을 보았습니다. 순간 우리 사회에 '선진국이라는 유령'이 아직도 도처에서 서성이고 있다는 느낌을 지울 수 없었습니다. 물론 저 역시 아직 '선진국이라는 유령'에서 완전히 자유롭다고는 감히 말씀드리지는 못하지만, 적어도 아까의 시사 프로그램에서 소위 전문가라는 사람이 별 근거 없이 외국의 예를 끌어다 붙이는 우를 범하지는 말아야겠다는 생각을 했습니다. 한 걸음 더 나아가 우리도 이제는 우리의 자아 존중감을 완전히 회복해서 나라와 나라 간의 수평적 관계를 바탕으로 국제사회에서 당당하게 동등한 지위를 행사하고 협력하는 관계를 펼칠 시기가 되었다고도 생각했습니다.

16

일의 미래

일전에 누군가 SNS상에 '예상 수명 측정기'를 올려놓아
서 재미 삼아 질문에 응했더니 106세라는 숫자가 나와서 경
악을 금치 못한 적이 있습니다. 91세로 나온 아내가 한마디
했습니다. "큰일이네."

연금제도가 탄생한 1880년대 선진국들의 기대 수명은
50세 이하였는데, 2000년도 이후에 태어난 아이들은 절반 이
상이 100세를 넘긴다고 합니다. 지금처럼 60세 이전에 직장을
떠나는 상황이 지속된다면 무려 40년 이상을 충분하지 못한
연금으로 할 일 없이 지내면서 경제적 곤궁에 빠지는 모습을

쉽게 상상할 수 있습니다.

이제 은퇴라는 단어는 더 이상 유효하지 못합니다. 70세가 넘어도 계속 일을 하면서 사회적으로 공헌할 기회를 고민하고 찾아야 합니다. 지난날의 일이 단거리 경주였다면 오늘날의 일은 마라톤 경기입니다. 그렇다면 우리와 우리 아이들은 어떻게 미래를 준비해야 할까요?

런던 경영대학원의 린다 그래튼(Lynda Gratton) 교수는 그의 저서 『일의 미래*The Shift : The future of work is already here*』에서 우리에게 전문가로서의 식견을 들려주고 있습니다.

2009년부터 수년 동안 런던경영대학원에서는 미래의 일이 어떻게 변화될지를 예측, 분석하는 대규모 프로젝트를 진행했습니다. 린다 그래튼 교수는 그 결과를 그의 책에서 소개하면서 미래 사회의 모습을 이렇게 전망하고 있습니다. 세계화로 전 세계가 일터로 바뀌는 세상, 기술 발전이 만든 스마트 세상, 기대 수명이 크게 증가한 세상, 가족의 재구성 등 사회 현상이 근본적으로 요동치는 세상, 화석 연료의 종말을 맞는 세상.

그녀는 이러한 미래 사회의 모습에는 다음과 같은 능력이 중요하다고 역설합니다.

첫째, 일반적인 능력의 제네럴리스트(Generalist)가 아닌 스페셜리스트(Specialist)로서의 전문 능력입니다. 조직에서 익힌 관리 기술은 그 조직을 떠나면 가치가 없어집니다. 전문 능력도 한 분야가 아닌 몇 분야의 전문 능력, 즉 유연한 전문 능력(serial mastery)이 필수라고 합니다. 따라서 새로운 역량을 습득하는 학습 능력이 가장 중요해집니다.

또한 하나의 역량이 가치를 다하기 전에 새로운 역량을 기르는 편종(編鍾)형 학습 곡선이 필수라는 것입니다. 예를 들어, 인력 개발 전문가로 일하다가 다큐멘터리 작가가 되는 식으로 새롭게 역량과 경력을 개발해 나가야 한다는 것입니다.

둘째, 몰입의 중요성이 더욱 강조될 것이라고 합니다. 오늘날과 같은 멀티태스킹(Multitasking)은 끊임없이 주의 산만과 지식의 파편화를 불러일으키는데, 멀티태스킹이 습성이 되면 실력을 기르기 위해 집중할 시간이 없고, 남을 관찰하며 배우는 능력도 줄어든다고 합니다. 결과적으로 즐거운 창의성은 사라지고, 검색해서 카피하고 붙여 넣는 식의 얕은 지식과 즉각적인 해결만 남을 뿐이라는 것입니다. 이제는 긴 시간 몰입하고 깊이 있게 배우는 능력이 어느 때보다 소중하다고 합니다. 요컨대 산업 혁명으로 부품화되어 교체 가능해졌던 노동자들이 과거 장인정신의 시대로 돌아가야 한다는 것입니다.

셋째, 미래에는 연결과 협력, 네트워크, 즉 사회적 자본이 중요해질 것이라고 전망합니다. 다양한 사람들과 풍성한 관계를 형성하고 서로 도움을 주고받을 수 있는 그룹, 생각을 나누고 일을 함께하거나 신뢰하는 그룹, 이런 그룹이 현재의 경계가 분명한 조직을 대체하게 될 것이라고 합니다.

마지막으로, 돈과 소비 중심의 사고가 퇴조하고 일과 삶의 균형, 개인의 성장 욕구, 의미 있는 체험 추구, 다양성 포용 등의 큰 변화가 일어날 것이라고 합니다.

누구나 수동적인 미래보다는 스스로 만들어가는 미래를 선택하려고 합니다. 무엇이 올바른 길인가 이해하기 위해 우리는 미래의 모습에 대한 가능한 한 많은 정보와 지식을 갖추어야 합니다. 그리고 그 바탕 위에 자신만의 스토리를 만들어나가야 할 것입니다.

저도 미래지도를 만들었습니다. '영어, 일어, 중국어 사용이 가능한 기업 전문 코치'가 제가 그리고 있는 미래의 모습입니다. 그런 의미에서 96세의 고령에도 학습을 계속하시고, 방송에 출연해서 열정적으로 강연하시는 김형석 전 연세대 철학과 교수님은 우리에게 사표가 되십니다.

17.

전설의 귀환

어제 한국기원에서는 '한국 현대 바둑 70년을 기념하기 위한 특별 대국' 행사가 있었습니다. '전설의 귀환'이라는 타이틀로 개최된 어제 대국은 한국과 일본 바둑계를 석권한 바둑 영웅들인 조훈현 9단과 조치훈 9단 사이에 벌어졌습니다. 시종 치열한 공방이 이어졌던 세기의 대결은 팬들의 아쉬운 탄성 속에 '바둑 황제' 조훈현 9단의 시간 승으로 막을 내렸습니다.

조훈현 9단은 여러 말이 필요 없는 한국 최고의 기사입니다. 세계 최연소인 9세에 입단해 세계 최다승(1935승), 세계 최다 우승(160회)을 거머쥐었습니다. 그는 1980년대 초중반 국내 기전(棋戰)을 모두 석권하는 전관왕을 3차례나 기록했고, 1980년에는 9관왕이었습니다. 1982년에 10관왕, 1986년에는 11관왕에 오르기도 했습니다.

특히 1989년에 한국 기사로는 유일하게 제1회 '응창기배'에 초청을 받아 우승까지 일구며, 바둑 변방으로 취급받았던 한국을 일약 세계 바둑의 중심으로 끌어올린 국보급 기사입니다.

한편 조치훈 9단은 6세에 일본으로 건너가 일본 바둑을 평정하고, 지금도 일본에서 활동하는 천재 기사입니다. 1980년에 일본 최고 타이틀인 명인을 획득한 데 이어 1990년대 중후반에는 절정의 기량을 뽐내며 일본 1~3위 기전인 기성(棋聖), 명인, 본인방(本因坊)을 동시에 석권하는 대삼관(大三冠)을 4차례나 기록하기도 했습니다.

최근 10여 년간 거의 바둑에 신경을 쓰지 못하던 제가 갑자기 이번 바둑TV 생중계를 보게 된 연유가 있습니다. 지난 월요일 이른 점심 후에 회사 인근 영풍문고를 둘러보던 중 신간 서가에서 『조훈현, 고수의 생각법』이라는 책이 한눈에 들어왔습니다. '아, 조 국수가 오래간만에 에세이집을 냈구나!' 더 생각해볼 것도 없이 바로 구입했습니다. 그리고 단숨에 읽었습니다.

역시 어느 분야가 되었건 그 분야의 정상을 정복한 고수들의 인생관의 맥은 상통한다는 것이 틀림없었습니다. 만 62세의 원로 기사가 된 조 국수의 에세이집을 관통하는 정신은 '생각은 반드시 답을 찾는다.'였습니다. 인생이라는 승부에서 이기고 싶다면, 삶의 기로에 서서 망설이고 있다면, 나만의 인생을 찾기를 원한다면, 지금 바로 생각 속으로 들어가라. 바로 '생각을 통한 최선의 선택'이 조 국수가 전하고자 하는 메시지였습니다. 책을 읽고 오래간만에 바둑 전문 사이트인 '타이젬'에 접속했더니 바로 어제의 특별 대국 일정이 공지되어 있었는데, 어제 대국을 관전하게 된 연유입니다.

바둑계의 거목 조훈현 9단과 저는 오래전에 잠시 인연을 맺은 적이 있습니다. 2002년 초 직장에서 사내 바둑대회가 열렸습니다. 침체된 회사의 분위기를 살려보고자 거액의 공적 자금을 들여 기획한 여러 프로그램 중 하나의 행사였습니다.

인터넷 대국 예선을 거친 본·지점 참가자들은 토요일 본사 구내식당에 모여 본선을 치렀습니다. 운 좋게도 마침 KBS 고참 PD였던 고교 친구로부터 조훈현 9단을 소개받아 강평 및 시상을 부탁했습니다.

전설로만 여겼던 대기사(大棋士)를 막상 접하고 보니, 그는 매우 겸손하고 소탈한 대인(大人)이었습니다. 사고에 편협함이 없었고 열린 마음의 소유자였습니다. 뜻밖에도 운전면허가 없어서 부인 정미화 씨가 매니저 겸 운전기사로 어느 자리나 동반한다고 했습니다. 대국 때마다 '장미'담배 꽁초가 수북이 쌓였던 예전과는 달리 담배도 끊었다고 했습니다. 그흔한 휴대폰도 없어서 모든 연락은 부인을 통해서 이루어졌습니다.

바둑대회 입상자들에 대한 시상과 강평에 이어, 지도 다면기(指導 多面棋)가 벌어졌습니다. 우승자, 준우승자 이외에 대표이사와 섭외자였던 제가 대국자로 선발되었습니다. 가장 늦게까지 진행된 저와 조 국수의 4점 접바둑에 참석자 모두의 시선이 집중되었습니다. 형세는 후반으로 갈수록 조금씩

밀리기 시작하더니 결과는 조 국수의 1집 승이었습니다. 프로기사는 아마추어 기사와의 접바둑에서 꼭 1집만 이긴다더니 과연 귀신 같은 솜씨였습니다. 패배에도 불구하고 조 국수의 추천으로 저는 한국기원 공인 아마 4단 인증서를 발급받았습니다.

몇 달 후, 조 국수로부터 다시 연락이 왔습니다. 한국 바둑리그 창설 준비로 동분서주하던 조 국수가 저희 회사의 리그 참여를 권유하기 위해서였습니다. 공적 자금을 받은 회사로서는 참가하기 어려워서 양해를 구하고, 제가 자주 가는 음식점에서 점심식사를 같이하면서 미안한 마음을 전했습니다. 그러고는 연락이 끊겼습니다.

그리고 얼마 전 고교·대학 선배님으로부터 본인이 종중(宗中) 회장으로 취임한 자리에서 조원(宗員)인 조훈현 국수의 부인을 소개받았다는 이야기를 들었습니다. 저와의 인연을 설명하고 연락처를 전해 받았습니다. 조만간 연락을 한 번 해볼 생각입니다.

18

조직을
만들어내는 힘

얼마 전 출근길에서 특이한 광경이 눈에 들어왔습니다. 을지로, 종로 일대의 거의 모든 건물 앞에 흰색 상의와 검은색 하의를 입은 사람들이 한 줄로 서서 행인들에게 인사를 하고 있었습니다. '새롭게 모시겠습니다. KEB ××은행입니다' 라는 띠를 가슴에 두르고 있었습니다. 은행장을 비롯한 KEB ××은행 본점 임직원들이 'KEB ×× 라인'을 만들어 시민들에게 KEB ××은행의 출범을 알리기 위해 기획한 행사였음을 신문기사를 보고 알았습니다.

출범 가두 캠페인의 필요성에 대해서 늘어서 있는 직원들 모두가 동의했으리라고 생각되지는 않지만, 일단 경영진에서 결정한 이상 따라야 했을 것입니다. 우리 모두는 조직에 속해 있는 조직인이기 때문입니다.

얼마 전에 읽은 『경제학자도 풀지 못한 조직의 비밀*The Org*』이라는 책이 생각났습니다. 〈하버드 비즈니스 리뷰*Harvard Business Review*〉의 편집장 팀 설리번(Tim Sullivan)과 콜롬비아 비즈니스 스쿨(Columbia Business School)의 레이 피스만(Ray Fisman) 교수는 '왜 우리에게 조직이 필요한가?'라는 본질적인 물음을 시작으로 이야기를 풀어나갑니다.

복잡한 세상에서 수많은 사람들과 엉켜 살다 보면 혼자 일하고 싶다는 생각이 들기도 합니다. 그러나 현대 사회에서 혼자 일하고, 혼자 결정할 수 있는 사람은 아무도 없습니다. 우리 모두는 출생과 함께 가정이라는 울타리를 만나고, 학교, 직장 등 다양한 조직(ORG, organization)에서 생활합니다.

그러나 우리는 이러한 조직에 대해서 얼마나 많은 것을 알고 있을까요? 조직이라고 하면 흔히 떠오르는 모습들은 대략 이런 것들일 것입니다. 쓸데없이 길기만 한 회의, 무슨 일을 하는지 도무지 알 수 없는 관리자들, 비상식적인 규칙들, 이상한 승진 제도와 숱한 행사들, 도대체 왜 그 똑똑한 사람들이 모여 이토록 조직을 무능하게 움직이는 걸까?

두 사람은 1인 기업에서 글로벌 기업은 물론, 경찰서, 교회, FBI, 심지어 테러 조직 알 카에다에 이르기까지 온갖 형태의 조직을 탐구합니다. 그리고 여기서 '개인에서 조직으로 바뀌는 순간, 다르게 작동되는 경제 원리', 바로 경제학자들이 풀지 못한 '조직의 비밀'을 밝혀냅니다.

대부분의 사람들은 조직 안에서 일합니다. 아무리 조직이 부조리하고 불합리해 보여도 '조직'은 거래(계약)를 성사하기 위해 발전시켜온 최적화된 형태라고 합니다.

또한 조직이 하는 일(인사, 관리, 위기와 도전, 조직 문화 등)을 둘러싸고 발생하는 조직의 기능 장애들을 거침없이 보여주면서 조직 생활에서 겪는 기능 장애 뒤에는 이것들이 생길 수밖에 없는 구조가 있음을 밝히고 있습니다. 불편하고 답답하다고 느꼈던 조직의 기능 장애들이 실은 조직의 존재를 위한 타

협이라는 사실을 이 책은 설득력 있게 풀어내고 있습니다.

우리가 몸담고 있는 조직은 완벽한 어떤 것과는 거리가 멀며, 온갖 장애물들을 스스로 가지고 있습니다. 하지만 이 책을 통해 우리가 얻은 중요한 교훈은 '조직적 힘'이라는 것을 만들어내기 위해서는 치러야 하는 '비용'이라는 게 있다는 것입니다. 그 '거래비용'이라는 관점에서 바라본다면 우리가 이해할 수 없었던 조직의 관행이 설명이 되며, 사람들이 조직으로부터 진정 얻고 싶어 하는 것이 무엇인지 알아낼 수 있다고 합니다.

아무리 똑똑한 개인이라고 해도 무능한 조직의 힘을 이겨낼 수 없으며, 인류가 진화해오고 생존해온 가장 큰 힘이야말로 바로 '조직을 만들어내는 힘'이라고 저자들은 말합니다.

이 책은 습관적으로 조직에 몸담고 있는 개인에게는 새로운 통찰력을, 자기만의 조직을 키우고 싶은 이들에게는 리더의 조건을, 경영자라면 반드시 해결해야 할 조직적 문제의 핵심을 알려줄 것이라고 여러 서평들이 알려주고 있습니다.

19.

좋은
사람들과의 만남

며칠 전, 전 직장 후배 2명과 저녁식사를 같이했습니다. HRD(Human Resoures Development, 인적자원개발) 부서에서 근무하던 여자 후배들입니다. 후배 A는 뒤늦게 차장 직급으로 영업 일선에 배치된 후에도 꾸준하게 우수한 실적을 보여주고 있습니다. 언제나 고객의 입장에서 생각하는 진실함이 비결인 듯합니다. 항상 차분하면서도 본인의 삶의 원칙을 고수하는 일에 추호의 흔들림이 없어 보입니다.

또 다른 후배 B는 다른 직장으로 옮겨서 근무하다가 금융 교육 전문가로 독립했습니다. 2년 만에 본 그녀는 괄목상대(刮目相對, 학식이나 재주가 놀랄 만큼 향상됨)할 만한 폭풍 성장의 면모를 보여주었습니다. 특유의 열정과 공감능력에 논리 정연한 합리성까지 갖추어 이제는 금융 교육 분야에서는 대가로서의 풍모마저 풍깁니다. 어제 저녁은 그녀가 초대한 자리였습니다.

어제 저녁식사 장소인 고급 한정식 집에서는 예약을 맡은 과장의 특별한 예우를 받았습니다. 알고 보니 과거 이 외식 체인의 여의도 점에서 불친절한 종업원의 행동을 접한 후배 B가 재능기부 차원에서 7개 체인점 종업원의 서비스 교육을 자청했다고 합니다. 이후 탁월한 교육 효과로 이름을 널리 알리게 되었고, 어제 그 예약 담당 과장은 그때 교육을 받은 당사자였다고 합니다.

저는 2008년 전 직장을 떠났을 때 보여준 후배 A의 응원을 잊지 못합니다. 그해 8월, 후배 A는 다른 HRD 직원들 2명과 함께 저를 점심식사 자리에 초대하고 제게 책을 한 권 선물했습니다. 하버드 대학 탈 벤샤하(Tal Ben-Shahar) 교수가 쓴 『해피어 Happier』였습니다. 표지를 열자 그녀의 메모가 있었습니다.

'이성주 상무님,

한결같은 모습으로 좋은 선배로서, 롤 모델로서 늘 함께 해주시는 상무님. 저도 후배들에게 그런 모습이고 싶습니다. 최근에 읽은 책 중에 가장 아끼는 책인데 상무님께도 그런 책이 되었으면 좋겠습니다. 진정한 해피어가 되시기를 바라며'

어느 정도 예감은 하고 있었지만 생각보다 빨리 다가온 퇴사에 당황하던 저에게 매우 큰 힘이 되어준 글이었습니다.

후배 B 역시 어제 모임 후에 저에게 이런 문자를 보내왔 습니다.

'전략(前略) … 저도 감사님 후배로 부끄럽지 않게, 늘 한결 같지만 안주하지 않고, 같은 방향으로 걸어가지만 늘 진화하는, 그런 후배가 되겠습니다. 항상 응원해주셔서 감사드리고, 감사 님 뵈면 늘 배우고 깨닫고 에너지 받고 가서 너무 좋습니다.'

좋은 사람들과의 만남은 언제나 긍정적인 에너지로 가득 합니다.

20.

진부(陳腐)와
참신(斬新)

인용글로 저의 생각을 대신해봅니다.

우리의 영적이며 지적인 수련을 방해하는 훼방꾼 중 하나는 진부함이다. '진부(陳腐)'라는 한자를 풀이하면 좀 특이한 구석이 있다. 진부는 '썩은 고기(腐)'를 남들이 보라고 '전시하는(陳)'어리석음을 뜻한다.

고대 사회에서 고기를 맛보기란 무척 드물고 어려운 일이었다. 그래서였을까, 자신이 가지고 있는 고기를 남들에게 자랑하고 싶어 하는 사람이 있었다.

그는 사람이 올 때마다 자신의 고기를 꺼내 보여주곤 했다. 처음에는 누구랄 것도 없이 그 귀한 고기를 탐냈고, 고기의 주인인 그를 부러워했다. 그러나 시간이 지나면서 고기는 썩기 시작했고 악취를 풍겼다.

이런 지경인데도 고기 주인은 계속해서 그 썩은 고기를 사람들에게 보여주었다. 썩은 고기 냄새에 익숙해져 악취가 나는지도 몰랐던 것이다. 그는 썩은 고기 냄새 때문에 아무도 그를 가까이 하려 하지 않는다는 사실을 몰랐다. 고기 때문에 사람들이 자신에게 머리를 조아릴 것이라고 착각했던 것이다.

이렇게 고기가 썩는 줄도 모르고 남들에게 과시하는 사람을 가리켜 진부한 사람이라고 한다. 남들이 부러워할 만큼 자신의 강점인 줄 알았던 고기 때문에 결국 망하고 말았다는 이야기이다.

직원을 채용하는 기업마다 '참신한 인재'를 원한다. 그러나 오늘날 통용되고 있는 상투적이고 틀에 박힌 교육 환경 속에서 참신한 인물이 등장하기란 거의 불가능해 보인다. 지금까지의 교육은 진부함만을 양산해왔을지 모른다. 결국 진부하지 않은 참신한 인물을 발굴해내기란 하늘의 별 따기보다 어려워졌다.

'참신(斬新)'이라는 한자도 진부만큼이나 특이해서 글자 모양을 가만히 들여다보면 참신한 인물이 되기가 얼마나 힘든지를 짐작할 수 있다. '참(斬)'자는 고대 중국에서 죄인을 죽이던 극형 틀인 수레(車)와 도끼(斤)로 이루어져 있다. 그러니까 '참신'이란 도끼로 치듯 과거의 구태의연함과 완전히 단절한다는 뜻이다.

과연 과거와 결연히 단절하고 새로 태어나는 일이 보통사람에게도 가능할까?

진부한 사람은 자신 속에서 흘러나오는 침묵의 소리를 듣지 못할 뿐만 아니라 자신만의 삶의 안무(按舞)를 갖지 못한다. 인간의 귀는 언제나 다른 사람들의 평가와 인정에 목말라하기 때문이다.

* 배현철 著『심연』p. 214 ~216 중에서

21.

치과 병원에서

연휴 첫 날 고교 친구의 치과 병원을 찾았습니다. 작년에 약간 흔들리던 왼쪽 위 끝 치아가 얼마 전부터 심하게 흔들려서 발치하기 위해서입니다. 직장인들은 근로자의 날이 휴무지만 이 친구의 병원은 하루 종일 진료를 합니다.

친구의 병원은 고교 은사님들과 동창들의 전용 병원입니다. 치과 병원을 개업한 다른 동창들도 많은데 유독 이 친구의 병원을 많이 찾습니다.

오래전 처음 찾았을 때 진료비를 받지 않기에 간호사에게 몰래 지불하려고 했더니 간호사가 펄쩍 뛰면서 받으면 혼난다고 했습니다. 왠지 부담이 되어서 선뜻 다시 찾기가 꺼려졌는데 워낙 믿음이 가니 어쩔 수 없이 다시 찾게 되었습니다. 궁리 끝에 아이스브레이커(Icebreaker)라든가 리콜아(Ricola) 같은 캔디 세트를 준비해서 간호사들에게 건넸습니다. 그건 씽긋 웃으면서 눈감아주었습니다.

오늘도 병원은 북새통이었습니다. 친구라고 해서 새치기는 용납되지 않습니다. 그럴 줄 알고 들고 간 책을 80페이지나 읽도록 차례가 돌아오지 않았습니다. 이윽고 제 차례가 되었습니다. 친구는 이제는 발치가 불가피하다고 하면서, 날짜를 다시 잡고 나서 먼저 조제한 약을 복용한 후에 와서 이를 빼자고 했습니다. 후속 조치로 임플란트 시술을 당연시하고 있었는데 그건 일단 발치를 한 후 상태를 보고 결정하자고 했습니다.

처방전을 받고 있는데 간호사가 대기자 한 사람을 가리키면서 저 분도 아시지 않느냐고 제게 물었습니다. 낯이 설어 누구냐고 물었더니 아무개 씨라고 알려주었습니다. 고교 동창이었습니다(간호사가 저보다 우리 동창들을 더 많이 아는 것 같습니다). 다시 보니 그제야 기억이 되살아났습니다. 고교 시절

꽃미남이었던 친구였는데, 이게 웬일입니까? 할아버지가 다 되어 있었습니다.

집에 와서 고교 졸업 앨범을 꺼내보았습니다. 42년 전 그 친구는 제 기억대로 그야말로 '나르시스' 그 자체였습니다. 다른 친구들의 얼굴도 훑어보았습니다. 풋풋하다 못해 신록의 풀 기운이 감도는 면면들이었습니다.

다행히도 '왕년의 나르시스'의 얼굴에는 품위가 남아 있었습니다. '나이 40이 넘으면 자기 얼굴에 책임을 져야한다.'는 말처럼, 비록 가는 세월은 막지 못하지만 스스로의 얼굴에 책임을 져야 할 일이 남아 있다는 생각을 했습니다.

22.

세이프 가드와
나쁜 사마리아인들

베스트 바이(Best Buy)는 전자제품 및 컴퓨터 관련 제품을
종합적으로 판매하는 미국의 전국적인 대형 유통업체입니다.
1987년 7월, 유학길에 올라 미국 미네소타 주 세인트 폴에 도
착했습니다. Unfurnished(가구가 갖추어지지 않은) 아파트에 들여
놓을 TV를 사기 위해 베스트 바이를 찾았습니다. 당시 베스
트 바이는 미네소타의 지역 유통업체에 불과할 때였습니다.

베스트 바이의 출입 문 앞자리에는 일제 소니(Sony) TV
가 진열되어 있었고, 바로 옆은 파나소닉(Panasonic), 도시바
(Toshiba) 등 일제 TV 일색이었습니다. 두리번거리고 찾은 삼
성 TV는 뒤의 후미진 곳에 먼지를 뒤집어쓰고 있었습니

다. 럭키금성(LG 그룹의 옛 이름) TV는 OEM(Original Equipment Manufacturer, 주문자 상표 부착 생산) 방식으로 미국 유통업체의 이름으로 편의점에서 싸구려로 팔리고 있었습니다.

2007년 가족들과 함께 옛 유학 생활의 자취를 더듬으며 추억 여행을 했습니다. 20년이 지났는데도 모든 것이 그대로 제자리에 있었습니다. 추억의 베스트 바이를 찾았습니다. 출입문 앞, 일제 TV들이 독차지했던 자리에 이번에는 대형 삼성 TV들로 가득 차있었습니다. 바로 옆자리는 LG TV의 차지였습니다. 전자 제품의 상징이던 소니 제품은 그 뒤로 밀려 있었습니다.

그 당시 주재원이나 유학생들의 귀국 필수품은 소니TV와 미국산 월풀(Whirlpool) 세탁기, GE(General Electric) 냉장고였습니다. 월풀과 메이택(Maytag) 제품은 당시 명품의 상징이었습니다. 그렇게 이들 제품들이 즐비하던 미국의 세탁기 시장을 30여 년이 지난 지금은 삼성과 LG 세탁기들이 차지하고 있습니다.

궁지에 몰린 월풀은 미국 국제무역위원회(ITC)에 세이프 가드(Safe Guard) 청원을 내기에 이르렀습니다. 월풀이 떼를 쓰고 나온 것입니다. 세이프 가드란 긴급 수입 제한 조치라고도 하며, 특정 상품의 수입 급증으로부터 국내 산업을 보호하기 위해 해당 품목의 수입을 일시적으로 제한하는 조치를 말합니다.

월풀의 청원에 대해 미국 국제무역위원회(ITC)는 삼성전자와 LG전자의 대형 가정용 세탁기에 대한 세이프 가드 권고안을 내놓았습니다. 삼성전자와 LG전자의 대형 가정용 세탁기 수입 물량이 120만 대를 초과할 경우 50%의 관세를 부과하기로 했다는 것입니다. 적용 기간은 3년이며, 관세율은 첫해 50%에서 2년 차에는 45%, 3년 치에는 40%로 낮아지게 됩니다.

ITC의 권고안은 경쟁사인 월풀이 기존에 요청했던 내용, 즉 초과 물량이 아닌 일률적으로 50%의 관세를 물려야 한다는 주장보다는 완화된 수준이라고는 하지만 우리나라 업체의 수출이 큰 차질을 빚을 것은 자명한 일입니다.

월풀의 판매 부진은 자국의 시어스 백화점에서 퇴출되는 등 누가 봐도 잘못된 경영의 결과임이 분명한데, 이렇듯 떼를 쓰고 있는 것입니다. 왕년의 월풀이 이제는 이렇게까지 할 수밖에 없나 하는 금석지감(今昔之感, 지금과 옛날의 변화가 심한 것에 대한 느낌)이 들었습니다.

그러나 역사적으로 보면 미국의 이번 조치는 새삼스러울 것도 없습니다. 소위 강대국들은 필요할 경우 보호 무역 조치를 통해 성장해오면서 후발 개발도상국들에게는 이중 잣대를 적용해 왔기 때문입니다.

오래전에 썼던 글을 참고로 가져왔습니다.

- 나쁜 사마리아인들 -

20년 전 유학 시절, 미국의 중부 지대에 끝없이 펼쳐지는 옥수수 밭을 경비행기가 저공으로 비행하면서 농약을 살포하던 모습을 보면서 큰 충격을 받은 경험이 있습니다. 어떻게 농업 부문에서 미국과 대등한 경쟁이 가능할 것인가, 하는 회의와 함께 밀려오던 당혹스러움이 잊히지 않습니다.

그리고 20년 후 미국 및 EU와의 FTA 협상 난항, 그리고 미국산 소고기 수입을 둘러싼 숱한 갈등을 보면서 저는 뭔지 딱 잡아 이야기하기는 힘들지만 마뜩치 않은 느낌으로 마음이 심란했습니다.

장하준 교수가 『나쁜 사마리아인들*Bad Samaritans*』이라는 저서로 명쾌하게 저의 그 답답함을 풀어주었습니다.

장 교수는 신자유주의 경제 정책을 펴는 부자 나라들에게 서슴없이 '나쁜 사마리아인들'이라는 위선적인 의미의 딱지를 붙였습니다. 곤경에 빠진 사람들을 이용해 먹는 무정한 사람들이었던 '나쁜 사마리아인들'처럼 부자 나라들이 과거 스스로 보호 무역과 보조금 정책으로 성장했으면서도 이제 여유가 생긴 이들 부자 나라들은 개발도상국들에게 자유 무역만이 지고지선인 양 이중 잣대를 들이밀면서 가난한 나라들을 너무도 당당하게 이용하고 있다고 준열하게 나무랍니다.

또한 이들 '나쁜 사마리아인들'의 행태는 마치 정상의 자리에 도달한 사람이 다른 사람들이 뒤따라 올라올 수 없도록 자신이 타고 올라간 사다리를 걷어차버리는 것과 다를 바 없다고 일갈합니다.

자유 무역이 누구에게나 유익하다는 사마리아인(신자유주의자)들의 주장에 대해, '브라질 축구 대표 팀과 열 살짜리 아이들의 축구경기' 또는 '헤비급 복싱 선수와 경량급 선수의 경쟁'이라고 비유했습니다. 나아가 자신의 여섯 살 난 아들이 부모의 보호와 양육에서 벗어나 스스로 자립하도록 할 경우, 인성과 정신력을 키울 수는 있겠지만 10여 년 뒤 의사나 핵물리학자가 되기는 어려울 것이라며, 개발도상국에 대한 대대적인 무역자유화를 주장하는 경제학자들의 생존과 경쟁 지상주의를 일축하고 있습니다.

그는 지적 재산권 문제 역시 역사적 사실에 비추어 선진국이 자국 산업과 기술을 보호할 목적으로 입안한 것이며 인류의 진보에 별 도움이 되지 않는다고 비판합니다. 민주주의와 자유 시장을 연계하는 신자유주의 진영에 대해 국민이 게을러서 나라가 가난한 게 아니라 나라가 가난하기 때문에 국민이 게으르다며, 신자유주의자들은 부정부패나 민족성, 경제 발전에 대해 자신들의 이론을 정당화하기 위해 본말을 전도시켰다고 단언했습니다. 이 같은 그의 주장이 공허한 메아리는 아닐 것입니다.

장 교수는 세계화 전도사를 자처하는 뉴욕타임즈 칼럼니스트 토머스 프리드먼(Thomas Friedman)에게도 화살을 날립니다. 프리드먼은 대표작 『렉서스와 올리브나무』에서 선진국을 상징하는 렉서스 세상으로 가려면 '황금 구속복(Golden Straitjacket)'을 입으라고 권합니다. 뒤떨어진 올리브 나무 세상의 나라들은 '황금 구속복'이라고 일컫는 신자유주의 경제 정책에 맞도록 스스로를 변화시키지 않으면 결코 렉서스 세상에 발을 들여놓을 수 없다고 했습니다.

그렇지만 장 교수는 일본 정부가 1960년대 초에 프리드먼의 충고를 따랐다면 지금 렉서스를 수출하는 국민이 아니라 뽕나무(실크를 생산하는 누에먹이)를 누가 차지할 것인가를 놓고 싸우는 국민이 되었을 것이라고 야유에 가까운 위트를 던지기도 합니다.

개발도상국들이 무역을 통해 발전하도록 진정으로 도우려 한다면, 부자 나라들은 오래전에 그들 스스로가 그랬던 것처럼 비대칭적인 보호주의를 용인하고 자국에 대한 보호 수준을 개발도상국들보다 훨씬 낮출 필요가 있다는 점을 인정해야 한다고 압박합니다.

그렇다고 막무가내로 보호 정책을 싸고도는 것은 아닙니다. 그는 여섯 살 난 자기 아들에게 일을 시키는 것은 옳지 않지만, 마흔 살 어른에게까지 보조하는 것 역시 옳지 않다는 것은 인정합니다.

외국인에 대한 투자 개방, 공기업의 민영화, 재정의 건전성, 지적 재산권 보호, 작은 정부, 부정부패와 경제, 민주화와 경제의 상관관계, 문화와 민족성의 허실 등에 관한 각종 선입견에 대한 그의 해설은 그야말로 명쾌하기 그지없습니다.

특히 제조업의 중요성에 대해 새삼스럽게 강조하며 밝히는 대목은 매우 인상적이었습니다. 지식 산업과 서비스업을 강조하는 시대정신에 비추어보면 역설처럼 보일 수 있지만, '나쁜 사마리아인들'의 충고와는 반대로 가난한 나라들이 계획적으로 제조업을 장려해야 하는 이유는 서비스 부문만을 기초로 해서 부유해진 나라를 찾아볼 수 없기 때문이라고 했습니다.

이 책에 대한 세계적인 석학들의 반응은 놀라웠습니다. 이 중 미국의 대학자 노엄 촘스키(Abram Noam Chomsky)의 코멘트를 소개하며, 한 번 읽어보시기를 권합니다.

"독자들을 깜짝 놀라게 할 정도로 생생하고, 풍부하며, 명료하다. 이 무시무시한 책은 '현실로서의 경제학'이라고 명명되어야 할 것이다. 이 책에서 장하준은 흔히 통용되는 경제 발전의 원리라는 것이 산업 혁명 이후 지금까지 전개된 역사에 비추어 볼 때 얼마나 황당한 교리인지를 폭로한다. 그의 통렬한 분석은 이른바 정통 경제 이론에 입각한 처방이 특히나 가장 취약하고 무방비 상태의 나라들에게 어떻게 해를 끼쳐 왔으며, 앞으로도 얼마나 해를 끼치게 될 것인지를 보여주고 있다. 이러한 진단을 내린 후 장하준은 탄탄한 경제학 이론과 역사적 증거를 기반으로 해서 세계 경제를 어떻게 하면 지금보다 훨씬 더 인간적이고 문명화된 형태로 개조할 수 있는지에 대한 현실성 있고 건설적인 방법을 제안한다. 만일 오늘날의 현실이 개선되지 않을 경우 어떤 일이 벌어질지에 대한 장하준의 경고는 오싹하지만 수긍하지 않을 수 없다."

23.

퀴즈쇼

며칠 전에 가까운 고교 친구 몇 명과 조촐한 송년회를 가졌습니다. 금년에 아들과 딸 혼사를 한꺼번에 치른 친구가 턱을 냈습니다. 고교 친구들이 모이면 언제나 그렇듯이 어느새 이야기가 타임머신을 타고 43년 전으로 돌아갔습니다.

이러저러한 이야기 끝에 화제가 1974년 KBS 〈퀴즈대학〉 프로그램으로 옮겨갔습니다. 〈퀴즈대학〉은 제가 대학 2학년이던 1974년에 KBS에서 출범시킨 프로그램이었습니다. 1973년 MBC가 선보인 〈장학퀴즈〉가 공전의 대히트를 기록하자, KBS가 대항마로 편성한 프로그램이었습니다. 당시 KBS는 남산에 있었습니다. 어디선가 정보를 들은 고교 절친의 권유로 참가했던 기억이 선명하게 떠올랐습니다.

송년회 자리에 같이한 치과 의사 친구도 같은 시기에 그 프로그램에 참가했다면서 놀라움과 반가움을 나타냈습니다. 정확한 기억은 아니지만 문학, 역사, 스포츠 등 6~7개의 분야로 나뉘어 진행되었습니다.

저는 '한국사' 분야를 선택했는데, 서울대 치대 예과 2학년 재학 중이던 그 친구는 뜻밖에도 '스포츠' 분야를 골랐다고 했습니다. 예선 시험장의 분위기며 진행자인 이정부 아나운서까지 서로 가지고 있던 기억의 퍼즐 조각이 척척 맞아떨어졌습니다. 그 친구는 '스포츠'가 역시 능숙한 분야가 아니었던 탓인지 아쉽게도 예선을 통과하지 못해서 본선에서 벌어진 일을 알고 있지 못했습니다.

본선 녹화는 지금은 70대가 되신 이정부 아나운서께서 진행했습니다. 속으로 많이 떨렸던 저는 겉으로는 태연한 척 사회자의 신상 질문에 너스레까지 떨었던 기억이 납니다. 운 좋게 주 장원(週 壯元)이 되었습니다. 상금이 1만 원이었는데 당시 국립대학 등록금이 3만 5천원이고, 사립대학 등록금이 8만 원이었으니, 화폐 가치를 감안하면 대략 지금의 50~60만 원이 아닌가 싶습니다.

문제의 장면은 그다음에 벌어졌습니다. 이번 주 장원은 전 주 장원과 '5전 3선 승제'의 통합 장원전을 치르게 되어 있었습니다. 이윽고 결선이 시작되었으나 4문제가 지나갈 때까지 저와 전 주 장원 모두 한 문제도 맞추지 못하고 쩔쩔매고 있었습니다. 도저히 맞출 수 없는 문제였기 때문입니다. 얼마나 황당했던지 지금도 그중 문제 2개가 기억납니다. 지문이 한참 주어지기에 마라톤의 거리를 묻는 것인가 싶었는데, 막상 떨어진 문제는 '승전보를 알리기 위해 그때 달려온 병사 이름이 뭐냐?'는 것이었습니다. 그 병사의 이름인 '페이디피데스(Pheidippedes)'는 지금도 잘 기억하기 쉽지 않습니다. 더더욱 황당했던 문제는 영국과 나폴레옹 치하의 프랑스 사이에 벌어진 트라팔가 해전에서 프랑스의 제독 피에르 빌뇌브가 이끄는 프랑스-스페인 연합 함대의 기함(旗艦) 이름이 무엇이냐는 문제였습니다. '부상테르(Bucentaure)'라는 이름은 지금도 인터넷에서 힘들게 찾아야 겨우 알 수 있는 이름입니다.

저희가 4문제를 모두 놓치자, 2층에 있던 담당 PD가 NG를 외치면서 내려왔습니다. 그러고는 4문제의 답을 직접 알려준 다음 맞추는 순서까지 지정해주었습니다. 긴박감을 더하기 위해서 A→B→B→A순으로 맞추라고 하면서 1문제로 승패를 가르자는 것이었습니다. 결국 전 주 장원이 그 문제를 맞히면서 〈퀴즈쇼〉는 막을 내렸습니다.

프로그램이 방영이 되자 저희 집 전화기에 불이 났습니다. 많은 지인들은 저의 박학다식함에 놀랐다면서 뭐라고 대꾸도 하기 전에 칭찬과 격려 세례를 퍼부었습니다. TV는 그렇게 저에게 감당하지 못할 '허상뿐인 명예'를 안겨주었습니다.

이런 '퀴즈쇼'는 우리나라에서만 있는 일이 아닌 모양입니다. 방송사가 시청률의 노예가 되어 벌어지는 해프닝을 그린 미국 영화가 1995년 3월에 개봉되어 장안의 화제를 불러일으킨 바 있습니다. 명배우 로버트 레드포드(Robert Redford)가 감독으로 변신해 연출했던 〈퀴즈쇼 Quiz Show〉라는 영화입니다. 영화의 줄거리는 대략 이렇습니다.

경이적인 시청률을 기록하며 미국 전역에서 인기를 끌고

있는 TV 퀴즈쇼 프로그램 〈Twenty One〉이 방영되는 시간에는 남녀노소 할 것 없이 TV 앞에 모여든다. 하지만 프로그램의 최고액 우승자인 Herby(John Turturro)의 인기도 다한 듯 시청률은 나날이 정체되어 있다.

Herby의 모자라는 듯한 표정과 식상한 말투에 싫증난 방송 관계자들은 때마침 찾아온 대학 교수이자 학자 집안 출신인 Charles(Ralph Fiennes)를 다음 후보로 결정한다. 마침내 Charles가 새 챔피언으로 떠오르면서 정체되어 있던 시청률은 급격히 뛰어오르고, Charles 또한 거액의 상금과 세간의 시선을 한 몸에 받으며 〈Time〉과 〈Life〉지 표지 모델로 선정된다. 한편 졸지에 쫓겨난 Herby는 이 프로그램이 조작된 것이라며 공개적으로 비방하고 나서는데, 퀴즈쇼 조작에 대한 수사 결과 사실로 드러나 방송 공개 금지 명령과 함께 사건이 종결된다.

아까의 모임에서 〈퀴즈대학〉 에피소드를 듣던 친구 하나가 불쑥 이런 이야기를 덧붙였습니다. 모 TV 방송에서 6년간의 롱런 끝에 작년 6월, 299회를 마지막으로 막을 내린 〈도전 1,000곡〉 역시 사전에 기획된 각본대로 진행되었다는 것입니다. 일요일 아침 시간에 안방에 찾아오는 이 프로그램은 유명 연예인 게스트들이 출연해 무작위로 선택한 번호의 노래를 가사도 틀리지 않고 막힘없이 불러야 도전에 성공하는 포맷으로, 스타 커플들을 대진표로 정해 서바이벌 형식으로 진행되었습니다. 그 친구가 '사전 각본대로'라고 단정적으로 말하는 것으로 미루어 볼 때 믿을 만한 정보원으로부터 확인한 것 같았습니다.

어쨌든 1974년 〈퀴즈대학〉 출연 이후, 저는 TV 프로그램을 볼 때마다 어디까지가 사실이고 어디까지가 거짓인지 일단 의심부터 하는 버릇이 생겼습니다. 네티즌 수사대가 두 눈 부릅뜨고 실상을 적나라하게 밝혀내는 요즘도 이런 사전 각본이 가능한지는 잘 모르겠습니다.

이 글의 주제와는 약간 다른 이야기지만, 오래전 일본 큐슈(九州)의 구마모토 현 아소산에서 분화가 일어나 화산재가 3km 상공까지 치솟은 일이 있었습니다. 우리나라 TV에서는 일본 열도가 화산재로 뒤덮일지 모른다는 일본 TV 예측 보도를 긴급하게 전했습니다. 아내가 걱정이 되어 도쿄에서 일하고 있는 딸아이에게 전화를 했더니 딸아이의 반응이 이랬답니다.

"엄마, 팩트와 팩트를 가장한 보도를 구별하셔야죠. 그리고 아소산은 도쿄보다 한국이 더 가까워요."

근닉.

측정할 수 없으면
관리할 수 없다

측정할 수 없으면 관리할 수 없다.

측정할 수 없으면 개선할 수 없다.

If you can't measure it ,you can't manage it.

If you can't measure it ,you can't improve it. - Peter Drucker

새벽 운동을 시작한 지 어언 19년이 되었습니다. 총각 때 173cm, 63kg의 군살 없던 몸은 1989년 미국 유학 후 귀국할 때는 70kg으로, 1999년 홍콩 현지법인장 근무 후 귀국했을 때에는 80kg으로, 그리고 준법감시인이던 2001년에 87kg으로 생애 정점을 찍었습니다.

결혼 전 29인치였던 허리가 36인치로, 고무줄 넣은 반바지도 입어내기 힘들어하던 2001년 7월, 마침내 굳은 결심을 하고 일산 호수공원을 매일 새벽에 달리기 시작했습니다. 평일 새벽에는 10km, 주말 새벽에는 20km를 뛰면서 음식을 조절하기 시작한 지 1년여 만에 20kg의 감량에 성공했습니다.

그 후 약간의 요요현상으로 오르내림을 거듭하면서 지금은 72kg 전·후를 유지하고 있습니다. 그 비결은 위에 인용한 피터 드러커의 명언을 실천하는 것입니다. 2001년 7월 이후 제 생활의 근간이 되고 있는 두 개의 축은 매일 20,000보 이상 속보, 월 10권 이상의 독서입니다.

경영의 전문가 피터 드러커의 촌철살인은 매우 적확합니다.

측정할 수 없으면 관리할 수 없고,
개선할 수도 없습니다.

25.

안타까운 후배의
부음(訃音)을 접하고

지난 일요일 오전 11시 10분경 전 직장의 대학 후배로부터 전화를 받았습니다. 당시 저는 모 컨트리클럽에서 라운딩을 준비하고 있던 중이었습니다. 위암 말기 투병 중이었던 후배는 들릴 듯 말듯 쉰 목소리로 이제 시간이 얼마 남지 않은 것 같다고 담담하게 이야기하면서, 마지막 가는 길에 지인들과 인사를 나누고 싶다는 의사를 전해 왔습니다.

깜짝 놀란 마음을 진정시키면서 서둘러 전 직장 동료들에게 밴드와 카톡을 통해서 소식을 알렸습니다. 하나 둘씩 상황을 묻는 선후배들의 전화가 이어졌습니다. 모두 큰 충격을 받은 모습이었습니다. 그 후배는 바로 '(주) HSP 컨설팅 유답'의 W 대표이사입니다. 사실 저는 후배의 암 투병 사실을 작년부터 알고 있었습니다만 후배의 요청에 따라 외부에는 알리지 않고 있었습니다.

W 후배와는 그가 전 직장을 떠나 외국계 금융 회사의 임원으로 재직하고 있던 20년 전에 마지막으로 본 이후 오랫동안 서로 연락이 닿지 않고 있었습니다. 어느 날 신문 지상에서 그의 놀라운 변신의 모습을 접하고 뒤늦게 점심식사를 같이 한 것이 재작년 10월의 일입니다.

W 후배와 저는 1990년에 ㈜한국투자신탁의 해외 투자부 과장과 신입사원으로 처음 인연을 맺었습니다. 그는 한마디로 에너지 발전소였습니다. 유능함에 열정까지 겸비한 그는 선수 급 탁구 실력의 소유자이기도 했고, 유흥업소에서 스카우트 제의를 받을 만큼 회식 자리에서 놀라운 진행 솜씨를 뽐내기도 했습니다.

제가 홍콩 사무소장으로 한국을 떠나 있는 동안 그는 회사를 떠나 외국계 증권 회사의 고 연봉 법인 영업부장으로 자리를 옮겼습니다. 마치 고기가 물을 만난 듯 불꽃같은 삶을 살던 그는, 2001년에 모든 것을 버리고 홀연히 180도 변신을 하여 다시 한 번 모두에게 놀라움을 안겼습니다. 멘탈 헬스 전문 기업인 '㈜단월드'의 대표이사가 된 것입니다. 저는 점심식사 자리에서 '본인과 대중을 위한 영성의 삶'에 대해 열변을 하면서 얼굴 가득히 퍼졌던 그의 만족감을 잊지 못합니다.

2009년 '㈜ HSP 컨설팅 유답'의 대표 이사로 자리를 옮기면서 그의 장기는 또 한 번 유감없이 빛을 발하기 시작했습니다. 다양한 정부, 공공기관과 기업체 강의를 통해 얻은 유명세는 MBC 특강으로 이어졌고, 2012년에는 5월부터 43일간 계속된 '10만 경찰 초심(初心) 찾기 대(大) 프로젝트'를 진행하면서 세운 공로를 인정받아 경찰청으로부터 감사장을 받기도 했습니다.

그는 작년 6월, 저의 대학동기 월례 중식 모임에서 특강을 요청했을 때도 흔쾌히 받아주었습니다. 건강한 삶에 대해

열강을 하던 날, 사실은 암 선고를 받은 상태였음을 문병했을 때 후배의 부인으로부터 처음 들었습니다.

작년 9월, 후배들과의 모임에 얼굴을 비치지 않는 그가 궁금해서 연락을 넣었습니다. 몇 차례 사양 끝에 9월 말 점심 식사 자리에 나타난 그는 중환자의 모습을 하고 있었습니다. 위암 말기 투병 사실을 고백했습니다. 정기 건강검진에서도 아무런 이상이 없던 위장에 수술도 하지 못할 정도로 암세포가 급작스럽게 크게 자랐다고 했습니다. 암 크기를 줄인 다음에 수술을 하자는 주치의의 권고로 항암치료 중이라고 했습니다.

그리고 작년 12월, 대학 후배들과의 점심식사 자리를 주선하기 위해 나타난 그는 병색이 완전히 사라지고 운동을 열심히 해서 약간의 살이 빠진 정도의 얼굴을 하고 있었습니다. 예상보다 훨씬 호전되고 있는 그의 몸 상태에 주치의도 매우 놀라워하고 있다고 했습니다. 아무도 그의 긍정 마인드를 막을 수 없어 보였습니다. 금년 4월말, 전 직장 동료의 딸 결혼식에 나타난 그의 모습 역시 아무도 그가 암 투병 환자임을 짐작조차 못하게 했습니다.

다시 한동안 연락이 뜸하다가 금년 9월 중순에 그에게 연락을 했습니다. 뜻밖에도 몸 상태가 나빠져서 다시 서울대병원에 입원해 있다고 했습니다. 면회도 사양했습니다. 이상한 예감이 들기 시작했습니다. 10월 초에 다시 연락했더니 아직도 입원 중이라고 했습니다. 그리고 10월 23일 아침에 회복 불가능 판정을 받았다는 그의 전화를 받은 것입니다.

저의 연락을 받은 전 직장 동료들의 문병이 이어졌습니다. 10월 24일(월)에 찾은 동료들에게는 침상에서 일어나지는 못하지만 정신은 맑았다고 했습니다. 또렷한 목소리로 상세하게 상황 설명을 하기도 했다고 들었습니다. '이렇게 여러분들을 보고 갈 수 있게 되어 고맙다.'는 말을 듣고 모두 가슴이 먹먹했다고 전해왔습니다. 다음 날인 10월 25일 오후 2시경 제가 찾아갔을 때에는 목소리에 힘이 빠져 있었고, 피곤한 듯 눈을 감고 이마에 얹은 손은 가볍게 떨리고 있었습니다. 그리고 어제, 수요일 10월 26일 저녁에 후배의 입사 동기들이 찾아갔을 때에는 이미 상대방을 알아보지 못하는 상태였다고 했습니다. 부인의 말로는 제가 돌아간 다음부터 상태가 급속히 나빠졌다고 했습니다. 목요일인 10월 27일 제가 다시 찾았을 때 침상이 비어 있었습니다. 중환자실로 이송되었다고 옆 침상의 가족이 알려주었습니다.

면회 절대 금지인 3층 중환자실 앞을 서성이다가 돌아왔습니다. 그리고 후배로부터 전화를 받은 지 1주일 만인 어제 (10월 30일) 아침에 후배의 부인으로부터 영면했다는 문자를 받았습니다.

마지막 가는 길의 초췌한 모습을 남에게 보이기 싫어하는 것이 인지상정인데 이별을 앞두고 지인들과 마지막 인사를 나누고 떠나는 그의 의연한 모습에서, 그리고 곁에서 담담하게 숙명을 받아들이고 남편의 생을 정리하는 일을 묵묵히 돕는 부인의 모습에서 또 한 번 큰 깨달음과 감동을 느꼈습니다. 아내는 후배가 매우 용기 있는 분이라고 했습니다.

중환자실 앞에서 서성이다가 돌아온 날, 그의 부인으로부터 받았던 문자 내용이 자꾸 생각납니다.

"중환자실에 들어오셔서 얼굴 보셔도 되셨는데⋯. 긴 입원 기간 동안 남편과 서로 많은 이야기를 나눌 수 있었습니다. 남편은 열심히 살아온 스스로의 삶에 만족해했고 마지막까지 잘 마무리 할 수 있음에 감사하다고 했습니다. 좋은 분들과 더 함께하고 싶은 아쉬움이야 무슨 말로 다할 수 없지만, 이 정도만 해도 좋은 삶이었다고 했습니다. 너무 많이 마음 아파하지 마시고, 열심히 살다 편안하게 떠난 멋진 후배로 기억해주십시오. 늘 남편과 함께해주셔서 진심으로 감사드립니다."

아까운 W 후배의 안타까운 영면을 깊이 애도하며, 짧은 생을 마감한 그가 남긴 커다란 발자취를 이렇게나마 회상합니다.

26.

아이구,
그놈의 에고

제가 다니는 헬스클럽에서 최근 있었던 일입니다. 낡은 운동 기구를 정리하면서 러닝머신 역시 모두 새것으로 교체되었습니다. 과거 러닝머신에 한 몸으로 붙어 있던 개인용 TV도 외장형으로 바뀌었고, 이에 따라 러닝머신마다 새롭게 리모컨도 마련되었습니다.

그러나 우려했던 대로 시간이 지나자 리모컨이 하나 둘 사라지기 시작했습니다. 점점 리모컨의 숫자가 줄어들자 이제는 자연히 옆의 사람과 리모컨을 같이 써야 하는 상황이 됐습니다.

이럴 때 옆 사람에게 양해를 구하고 리모컨을 빌려 쓰는 것이 제가 생각하는 상식이었습니다. 그런데 중년 부인들은 전혀 달랐습니다. 불쑥 손을 뻗어 리모컨을 집어가는가 하면, 심지어는 먼 자리로 들고 가버리기까지 했습니다. 몰상식한 행동이라는 생각이 들어 화를 내기도 하고, 프런트에 항의도 해보았습니다.

혼자서 속을 끓고 있던 어느 순간, 그들의 행동이 너무도 자연스럽고 거리낌 없는 것을 보고 문득 그들이 저와 다른 생각을 하는 것은 아닐까 하는 궁금함이 생겼습니다.

제가 아는 여성 한 분이 이를 확인해주었습니다. 그들은 리모컨이 당연히 공용이기 때문에 굳이 양해를 구할 필요가 없다고 생각한 것입니다. 즉 생각의 패러다임이 서로 달랐을 뿐 누가 옳고 그르다고는 할 수 없는 것이었습니다.

그날 이후 그동안 제가 옳다고 믿어왔던 생각의 틀, 바로 저의 에고(Ego)를 내려놓자 마음의 불편함도 없어지고 오히려 그들과의 자연스러운 감정의 교류마저 일어났습니다.

이렇게 일상적인 생각의 패러다임 이외에도 우리는 다양

한 에고를 가지고 삽니다. 우리는 흔히 사회적인 지위나 직업, 가치관, 의견 또는 소유물과 자신을 동일시하기도 합니다. 즉, 이러한 대상에 대한 감정적 집착이나 투사를 자기 자신이라고 인식하는 것이지요. 이런 의미에서 에고는 '거짓 자아(自我)'라고 할 수 있습니다. 우리는 이러한 집착의 대상이 위협받을 때 늘 경미한 불쾌함에서부터 완전한 파국에 이르기까지 다양한 종류의 감정적인 고통을 겪습니다.

우리는 우리가 자신이라고 착각하는 그 역할을 연기하며 삶을 거듭하려고 이 세상에 태어나 존재하는 것이 아닙니다. 인간은 원래 우주 질서의 한 부분이며, 인간의 내면에는 소우주가 있습니다. 우리는 우리 안에 빛이 존재한다는 사실, 그리고 영적으로 가치 있는 삶, 충만한 삶을 살아가는 데 필요한 단 하나의 근원이 그 빛이라는 사실을 잊어서는 안 된다고 영성지도자 누크 산체스는 일깨워주고 있습니다.

에고를 내려놓는 것은 코치의 역할을 하는 저에게 큰 숙제이기도 합니다. 지금 이 순간(here and now) 오로지 고객과 함께 있음을 느끼고 진정한 공감적 경청을 해야 함에도 불구하고, 자기중심적인 에고가 불쑥 고개를 들고 번번이 이를 방해합니다. 에고를 내려놓는 것이 생각처럼 그리 쉽지만은 않지만 에고가 끼어들 때마다 다음과 같은 셰익스피어의 말을 떠올리면 어떨까 합니다.

좋거나 나쁜 것은 없다.
우리의 생각이 그렇게 만들 뿐이다.

27.

당신은
毒親(독친)이 아닙니까

　얼마 전 전(前) 직장 후배 두 사람이 나를 찾아왔습니다.
아들과의 심각한 갈등관계를 어떻게 하면 해소할 수 있을까
조언을 듣기 위해서라고 했습니다. 제가 자녀 교육의 성공사
례로 주변에 알려져 있는 데다가 전문코치 자격증까지 소지
하고 있다는 사실도 이들의 기대를 들먹인 것 같았습니다.

　들어보니 전형적인 '모범생 아빠' 증후군이었습니다. 재작
년 가을 조선일보에서 본 〈내가 모르는 내 아이 : 毒親이 된
부모, 당신은 아닙니까?〉 제목의 특집기사가 머리에 떠올랐습
니다.

독친(毒親)이란 어휘는 수전 포워드(Susan Forward) 박사의 베스트셀러, 『독이 되는 부모*Toxic parents, 毒親*』에서 인용해 온 말입니다. '독친'이란 한마디로 자신의 삶을 자식의 삶에 심으려고만 하는 부모를 말합니다. 이 후배 역시 같은 증후군을 보이고 있었습니다. 게다가 1시간여 남짓한 대화 중에 수차례 반복된 말은 '저는 6살 때 부친을 여의고 온갖 난관을 헤쳐나와 지금 이 위치에 오면서 강인한 성격을 갖게 되었다.'는 것입니다. 강인한 모범생 아빠에게 자신의 삶을 강력하게 통제 당하는 아들의 위축된 모습이 쉽게 연상되었습니다.

서강대 최진석 교수의 EBS 인문학 특강 내용이 떠올랐습니다. 노자가 생각하는 이상적인 군주상을 원용하면서 부모는 '자식을 믿고, 사랑하며, 기다려주어야 한다.'고 했습니다. 깊이 공감되는 말입니다. 부모의 잔소리는 결국은 '나는 너를 믿지 못하겠다.'는 것입니다. 자녀가 좋은 시험 성적을 받을 때만 기뻐한다는 것은 '조건부 사랑'에 다름 아닙니다. 자녀 스스로가 시행착오를 통해 깨달음을 얻기 전에 부모들은 성급하게 다그칩니다. 이런 자녀는 결코 자율적인 성숙한 인간으로 성장할 수 없습니다.

이러저러한 대화 끝에 후배에게 느낀 점을 요약해보라는 요청을 했습니다. 그동안 후배 스스로도 이런 문제점을 인식하고 아들과 대화와 화해를 여러 차례 시도해보았으나 성과가 없었다고 했습니다. 오늘 들은 '쩍벌남' 이야기가 많은 참고가 되겠다고 했습니다.

'쩍벌남' 이야기란 다음과 같은 내용입니다.

나는 지하철 내에서 어떤 쩍벌남이라도 화를 내지 않고 다리를 오므리게 할 수 있습니다. 물론 나의 경험에서 우러나온 말입니다. 무엇보다도 중요한 것은 쩍벌남에 대해 아무런 서아, 호오(好惡)의 판단을 하지 않고, 난지 사실(Fact)만 적시하는 것입니다. '다리를 벌리고 있어서 내가 불편한데, 다리를 오므려 준다면 고맙겠다.'는 말에 모두 자세를 바로 해주었습니다. 만일 내가 '이 사람은 왜 이렇게 매너가 없을까?'라는 생각을 하면서 상대방에게 시정을 요구했다면, 나의 부정적인 감정이 그대로 상대방에게 전달되어 자칫 사안과 무관한 다툼으로 번질 수도 있었을 것입니다.

아들과 대화를 시도하는 일이 번번이 성과 없이 끝나는 것도 같은 맥락이 아닐까 싶다고 위로하며, 아무런 선입견과 예단을 하지 말고 진정한 경청의 자세를 보인다면 아들이 마음을 열 것이라고 조언했습니다.

그리고 저의 예를 들려주었습니다.

아들이 전역 후에 한 학기 휴학을 하고 싶다고 했습니다. 빨리 졸업해주기만을 바라는 속마음을 숨긴 채 아들과 수차례 대화를 해보려고 했지만 아들은 대화를 슬슬 피하기만 했습니다. 겉으로 무슨 이야기를 하던 결국 아빠의 결론은 '전역 즉시 복학'이라는 것을 알아챘기 때문입니다.

그러나 제가 스스로의 어젠다(agenda, 예정안)를 내려놓고 경청의 자세를 취하자, 아들은 놀랍게도 비로소 속마음을 터놓았습니다. 휴학 기간 중에 격투기를 배우고 싶다는 것입니다. 예전 같았으면 아빠에게 지청구나 들을 법한 말을 아빠가 귀 기울여줄 것이라고 판단해서 기꺼이 드러낸 것입니다. 휴학 기간 중에 아들은 격투기를 배우지 않았습니다. 한국은행에서 6개월간 여느 직장인들과 마찬가지의 인턴 생활을 했습니다. 대신 저와의 대화 채널은 활짝 열렸습니다.

후배는 아들과의 대화를 다시 한 번 시도해보겠다고 했습니다. 조만간 경과보고를 겸한 소주 자리를 마련하겠다고 했습니다. 결과가 기대됩니다.

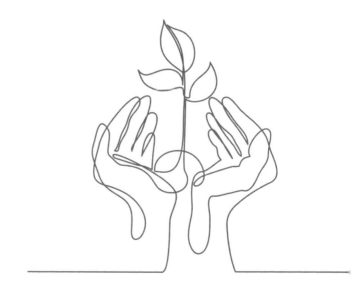

나를
다듬어준
독서

1.

확신의 덫

얼마 전 출근 직후 서류를 들추고 있는데 과장 한 사람이 제 방을 노크했습니다. 그 직원은 일상적인 보고를 마치더니, 제게 단도직입적으로 이렇게 물어왔습니다.

"감사님, 금요일 오후에 저를 찾으신 이유를 알 수 있겠습니까? 주말 내내 신경이 쓰여서 잠도 설쳤습니다."

아차! 하는 생각이 들었습니다. 지난주 금요일 오후에 그 과장을 찾은 이유는 해외 유관 기관과 교류를 강화하기 위한 업무를 맡기기 위해서였습니다. 외근 중이라고 해서 돌아오면 전화를 하도록 부탁했는데, 마침 퇴근 무렵에 전화가 왔기에 월요일에 이야기하자고 했던 것뿐입니다. 저로서는 별 생각 없이 한 행동이었는데 막상 그 직원은 주말 내내 '무슨 일일까?' 고민에 고민을 거듭했던 모양입니다.

상사의 사려 깊지 못한 행위 하나가 뜻하지 않게 직원들을 얼마나 난감하게 할 수 있는지 제대로 알려준 일이었습니다. 미국 유학파인 그 과장이 열린 마음으로 적극적이고 합리적인 방법으로 접근했기에 망정이지 그렇지 않았다면 말도 못하고 계속 속으로 끙끙 앓으면서 상황이 이상하게 전개되었을지도 모릅니다.

작년에 읽은 책 한 권이 생각났습니다. 장 프랑수아 만초니(Manzoni) 교수가 쓴 『확신의 덫』입니다. 만초니 교수는 이 책에서 이 시대의 리더들에게 '필패(必敗) 신드롬(set-up-to-fail syndrome)'이라는 화두를 던지고 있습니다.

일반적으로 어느 조직에나 상사가 '능력 없는 직원'이라고 분류해버리는 유형의 직원들이 존재하기 마련입니다. 상사는 이런 직원들을 보면서 속으로 혀를 끌끌 찹니다. 하지만 직원의 무능함이 정말 그 직원만의 잘못일까요? 어쩌면 상사야말로 직원을 무능하게 만든 결정적인 원인을 제공한 장본인이 아닐까요?

　이런 말을 들은 상사는 '그게 대체 무슨 소리냐?'며 펄쩍 뛸지도 모릅니다. 하지만 상사는 문제의 직원을 처음 만났을 때 '저 친구는 나약하고, 소극적이라서 일을 잘 못할 것 같아.'라고 미리 부정적인 꼬리표를 달아 버렸을지도 모릅니다. 여기에는 선입견이 강하게 작용했을 수도 있습니다. 과거에 자신이 알던 무능한 직원과 닮았기 때문일 수도 있고, 해당 직원이 업무를 제대로 익히기 전에 저질렀던 몇 가지 실수에 근거해 쉽게 단정해 버린 것일 수도 있습니다.

　문제는 상사가 직원에게 일단 그런 꼬리표를 달아버리고 나면, 직원은 자신감과 자율성을 잃고 상사가 달아 놓은 꼬리표에 걸맞은 모습으로 바뀐다`는 것입니다. 그러면 상사는 직원의 업무 능력을 더욱 믿지 못해 그가 하는 모든 일을 일일이 감시하게 됩니다. 직원은 직원대로 상사의 불신의 눈초리를 느끼며 긴장해서 실수를 반복하거나, 될 대로 되라는 식으로 일 처리를 하게 마련입니다. 그러면 상사는 '저 직원한테는 책임감 있는 일을 맡기지 못하겠어.'라고 생각하게 되고,

계속 단순 업무만 맡기게 됩니다. 그럴수록 직원은 상사에 대한 불신을 품고 업무에서 동기 부여를 받지 못해 더더욱 업무를 소홀히 하게 됩니다. 이런 악순환이 반복되다 보면 어느새 상사와 직원 관계는 돌이킬 수 없을 정도로 악화되기 십상입니다. 즉 '필패(必敗) 신드롬(set-up-to-fail syndrome)'에 빠져버리고 마는 것입니다.

프랑스 인시아드(INSEAD) 경영대학원의 장 프랑수아 만초니(Manzoni) 교수는 이런 내용을 골자로 하는 논문을 1998년 「하버드 비즈니스 리뷰」에 발표했습니다. 게재하자마자 이 논문은 가장 많이 읽힌 논문 중 하나가 되었습니다. 만초니 교수는 한 걸음 더 나아가 같은 주제로 기업 리더 3,000여 명을 만나 심층 인터뷰한 끝에 2002년에 연구 결과를 책으로 펴냈습니다. 바로 『Set-up-to-fail syndrome』입니다.

그의 저서는 2014년에 『확신의 덫』이라는 제목으로 우리나라에 번역 출간되었습니다. 10여 년 전에 출간된 책이지만 만초니 교수의 주장은 지금도 설득력이 있습니다. 그가 한국

어판 서문에서 밝힌 대로 관리자들이 성과에 대해 받는 압박이 그 어느 때보다도 심하고, 누가 성과를 내는 직원인지 성급한 결론을 내릴 가능성이 전보다 더 커진 요즈음에 이러한 현상이 더욱 두드러질 것이기 때문입니다.

필패 신드롬은 상사 자신에게도 덫이 됩니다. 우선 자신이 무능하다고 간주한 직원과의 갈등 때문에 시간과 신경을 너무나 많이 써야 하기 때문에 에너지가 필요 없이 낭비됩니다. 더 큰 문제는 부정적인 생각으로 꼬리표를 달아서 발생한 '필패의 덫'이 해당 직원뿐 아니라 다른 직원들, 나아가 조직 전체에까지 악영향을 끼친다는 점입니다.

그렇다면 결과적으로 누구도 이익을 볼 수 없는 악순환의 고리를 끊으려면 상사와 부하 직원은 어떤 노력을 기울여야 할까요? 만초니 교수는 우선 상사가 먼저 직원에게 다가가서 대화를 시도해야 한다고 말합니다.

상사는 (하긴 인간 모두가 마찬가지이지만) 자신이 보고 싶은 것만 보는 '선택적 지각(selective perception)'을 갖고 있습니다. 상사가 어떤 직원을 형편없다고 생각한다면 그의 좋은 점이 잘 보이지 않겠지요. 그렇기 때문에 상사는 직원을 비난하기에 앞서 먼저 자신에게 이렇게 물어보아야 합니다. '잠깐만, 난 분명히 이 직원을 좋아하지 않아. 하지만 내가 편견을 가지고 있는 게 아닐까?'라고요.

'상사 역시 그가 부하 직원들을 대하는 태도를 주변 사람들과 부하 직원들에게 관찰당하고 평가받고 있다는 사실을 깨달아야 한다.'라고 만초니 교수는 말하고 있습니다. 리더가 자신의 잘못을 깨닫기 위해 몇몇 부하와 동료, 상사 등으로 구성된 내부 집단으로부터 피드백을 받는 방법도 좋다고 그는 권장합니다.

부하도 상사에게 면담을 청해서 화해하려는 노력을 해야 한다는 것이 만초니 교수의 조언입니다. 다만 이때 중요한 것은 부하가 상사의 시각에서 대화를 이끌어내는 것이라고 합니다. 그리고 이때의 바람직한 접근법에 대한 예를 들었습니다.

이런 식의 접근 방식은 아주 도움이 된다고 합니다.

'부장님이 제가 몇 가지 부분을 고치길 바란다는 사실을 알고 있습니다. 하지만 이제까지 제가 그걸 이해하지 못했던 것 같습니다. 앞으로는 시정하도록 노력하겠습니다.'

이렇게 상사에게 적극적인 개선 의지를 보여준 다음, 부하 직원은 상사가 요구하는 사항을 따르기 위해 노력하고 있다는 사실을 증명해야 합니다. 그렇게 어느 정도 시간이 흐른 다음에 부하 직원은 상사에게 다시 이런 식으로 이야기를 꺼낼 수 있습니다.

'저는 부장님이 지적하신 사항들을 바로잡기 위해서 노력했습니다. 그러니 부장님도 제가 하고 있는 일에 좀 더 재량권을 주실 수는 없겠습니까?'

상사는 이렇게 생각하겠지요. '아, 드디어 저 직원이 자신의 문제를 알아차린 것 같아. 이제야 말이지. 그리고 보아하니 그걸 고치기 위해 아주 열심히 노력하는군. 그럼 이번엔 내가 그를 좀 도와줄 차례야.' 바로 이렇게 해서 서로가 서로를 도와주는 '호혜의 원칙(principle of reciprocity)'이 작동하는 겁니다.

오래전 직장에서 준법감시인으로 일했던 시절의 기억이

새삼 떠올랐습니다. 전세 버스를 대절해서 강원도 알프스 스키장에서 1박 2일 연말 가족동반 회식 자리를 가졌습니다. 저녁식사 후 직원들만 내 방에 모여서 협찬으로 들어온 양주로 2차 뒤풀이를 하고 각자의 방으로 흩어졌습니다. 다음날 아침, 아내가 제게 한마디 건넸습니다.

"당신, 어제 밤에 모(某) 차장님에게 했던 말 기억나요? '사람만 좋고 맺고 끊는 맛이 없다.'고 한 당신 말에 그 직원 얼굴이 하얘지더라고요."

아차, 싶었습니다. 곧바로 그 직원을 찾았습니다. 부적절한 시기와 장소에서 부적절하게 나온 발언에 대해 진심으로 사과했습니다. 그 후배도 흔쾌히 사과를 받아주었습니다. 취중진담이었던 저의 의견도 큰 오해 없이 수용했습니다. 다행히도 조직 역시 '필패 신드롬(set-up-to-fail syndrome)'의 덫에 빠지지도 않았습니다. 그 후배들은 당시를 '다소 부족한 인원으로 꾸려나가느라 빠듯했지만 보람 있던 시기'로 기억합니다. 덕분에 16년이 지나서 각기 다른 조직으로 뿔뿔이 흩어진 지금까지도 허심탄회한 모임이 이어지고 있습니다.

가끔 직원들을 격려하기 위해 점심식사 제의를 하려 하면, 직원들은 이번이 몇 번째 식사 자리인지, 전에는 어디 어디에서 했었는지를 세세히 기억하고 있어서 저를 깜짝 놀라게 합니다. 상사의 일거수일투족은 부하의 관찰 대상이며 부하에게 예기치 않게 큰 파장을 일으키기도 합니다. 이 시대의 리더들이 항상 마음에 새기고 있어야 할 화두를 제시한 만초니 교수의 저서 『확신의 덫』을 꼭 한 번 읽어보시기 바랍니다.

2.

나를 자유롭게
하는 관계(The anatomy of peace)

대립과 갈등을 겪고 있는 사람들이라면 누구나 근본적인 해결책을 원합니다. 툭하면 다투거나 화를 내는 아이들의 부모님은 그들의 호전성이 끝나기를 바라고, 독불장군 같은 상사와 함께 일하는 직원들은 독선적인 분위기가 사라지기를 바라며, 책임감 없이 떠도는 직원을 둔 상사는 그로 인해 발생하는 갈등과 문제가 해결되기를 바라고, 약소국의 국민들은 존중 받기를 원합니다.

그러나 대부분의 경우 사람들이 원하는 해결책이란 다른 사람들이 변하기를 바라는 것뿐입니다. 가정이나 직장, 혹은 사회에서의 갈등이 모두 같은 뿌리에서 시작된 것이라면 어떻게 될까요? 우리 스스로의 한계로 인하여 그 원인을 시스템의 잘못으로 이해하고 있다면 어떻게 될까요? 결과적으로, 우리가 해결하려고 시도하고 있는 이러한 문제를 부지불식간에 오히려 지속시키고 있다면 어떻게 될까요?

바로 이러한 중요한 문제를 다루고 있는 책이 바로 이 책, 『나를 자유롭게 하는 관계 *The anatomy of peace : resolving the heart of conflict*』입니다. 책에서는 갈등의 문제가 어떻게 우리 삶의 기쁨을 앗아가고, 우리가 원하는 결과를 얻지 못하게 하는지에 대한 통찰을 이야기합니다. 한편, 가정에서 그리고 직장에서 인생을 지치게 만드는 여러 문젯거리들과 자녀들과 갈등으로 어려움을 겪는 부모들의 흥미로운 이야기를 통해서 한 때 적대적이었던 두 사람이 갈등이 생길 때마다 평화를 찾을 수 있는 방법을 알려주고 있습니다.

이 책은 소위 '아빈저 연구소(Arbinger Institute Inc.) 3부작'의 2번째 책입니다. 아빈저 연구소(Arbinger Institute Inc)는 인간 과학과 사회 과학을 중심으로 사람, 변화, 성과의 문제에 관한 솔루션 개발을 목표로 합니다. 이를 위해 철학, 심리학, 교육학, 언어학, 법학, 경제학, 경영학 등 다양한 분야의 전공자들이 포진되어 있는 세계적인 학술협회입니다.

또한 컨설팅, 코칭, 교육 훈련 및 디지털 도구를 제공하여 개인 및 조직의 혁신을 위해 사고방식을 바꾸고, 조직 문화를 변화시키며, 협업을 가속화하고, 갈등을 해결하고, 성과를 지속적으로 개선할 수 있도록 지원하고 있습니다. 현재 한국, 미국, 중국, 일본, 싱가포르, 인도, 아시아, 아메리카, 유럽, 중동, 아프리카, 오세아니아 등 약 30여 개 국가에서 활동하는 글로벌 조직인 아빈저 연구소는 지난 40년간 세계적인 학자들의 공동 연구를 통해 리더십에서 독창적인 아이디어를 제공하고 있습니다.

15년 전 제가 처음 접했던 아빈저 연구소 3부작의 첫 번째 책의 제목은 『상자 안에 있는 사람, 상자 밖에 있는 사람』이었습니다. 원서의 제목이 『*Leadership and self-deception*』인 이 책은, 그 후 2006년에 『리더십과 자기기만』으로, 다시 2016년에는 『상자 밖에 있는 사람(진정한 소통과 협력을 위한 솔루션)』

으로 책명이 바뀌어 출간되었습니다.

그리고 이어서 같은 연구소에서 펴낸 2번째 책이 바로 이 책, 『*The anatomy of peace : resolving the heart of conflict*』입니다. 2006년 9월 초판 당시 제목이 『평화에 이르는 길』이었던 이 책은, 2015년 개정판에서 『나를 자유롭게 하는 관계 / 상처와 용서 그리고 사랑과 평화에 이르는 길』로 제목을 바꾸었습니다.

우리 주변을 돌아보면 가정과 직장에서 마음을 다치고 상처받은 사람들이 수두룩합니다. 냉소, 질투, 무관심, 원한 등과 같은 감정들은 가족들과 이웃, 동료, 옛 친구의 마음속에 맺히는 격렬한 갈등의 표시입니다. 만약 우리가 이런 관계 속에서 마음의 평화에 이르는 길을 찾아 스스로 자유로워지지 못한다면 우리의 희망은 어디에 있으며, 대립 중인 단체와 국가들 사이에서 어떻게 평화를 찾을 수 있겠습니까?

이 책에 있는 이야기들 중 일부는 실제 사건을 바탕으로 쓰였다고 아빈저 연구소는 밝히고 있습니다. 이 책의 주인공 들은 바로 우리의 모습입니다. 그들은 우리가 갖고 있는 강점 과 약점, 소망과 절망을 갖고 있고, 우리를 짓누르는 문제들 에 대한 해결책을 그들 역시 찾고 있으며, 그래서 그들의 교 훈이 주는 가르침이 우리에게는 희망이라고 저자는 강조하고 있습니다.

p. s. 아빈저 연구소는 2018년 말에 3부작의 마지막 편으 로 『아웃워드 마인드셋/변화의 시작, 나를 넘어 바라보는 힘 *The outward mindset*』을 출간했습니다. 많은 독자들에게 깊은 깨 달음을 주었던 이 책에 대해서 기대해도 좋을 듯합니다.

ㅋ.

인성이
실력이다

2008년, 전 직장을 퇴사한 후 고교 친구가 재단이사장으로 있는 대학에서 교수 임용에 대해 비공식적 승낙을 받고 강의를 준비하면서 조벽 교수라는 이름을 처음 접했습니다. 『새시대 교수법』이라는 그의 저서를 통해서였습니다.

'교수를 가르치는 교수'로 이미 명성이 자자하다는 그의 책은 그야말로 신랄하면서도 통찰력으로 가득한 명저였습니다. 저의 교수로서의 첫 마음가짐은 그렇게 조벽 교수에게서 큰 영향을 받았습니다.

내친 김에 그의 나머지 저서들 『조벽 교수의 명강의 & 노하우와 노와이』, 『이민 가지 않고도 우리 자녀 인재로 키울 수 있다』, 『나는 대한민국의 교사다 – 새 시대 교육자 생존전략』, 『인재혁명』등을 차례로 읽었습니다. 역시 그의 책들은 기대에 어긋나지 않은 명저였습니다.

그리고 그가 금년 3월에 새 책 『인성이 실력이다』를 펴낸 것을 신문 보도로 알았습니다. 저 개인적으로도 35년간의 직장생활을 통해 '생활인으로서 그리고 조직원으로서 가장 중요한 것은 역시 개인의 인성이다.'라는 것을 절감하고 있던 터라 즉시 읽어보았습니다. 읽고 난 소감은 한마디로 '이 땅의 어른들은 누구나 다 읽어보아야 할 책'이라는 것입니다.

조벽 교수는 교육학을 전공한 분은 아닙니다. 美 위스콘신대학에서 기계공학을 전공한 후 노스웨스턴 대학에서 석·박사를 마치고 미시간 공과대학에서 20년간 교수로 재직했던 공학자입니다. 그는 미시간 공대에 재직하면서 창의력을 위한 혁신센터와 학습센터의 소장, 학생들의 적응력과 리더십 계발을 위한 학생성공센터 소장을 역임하였고, 미 과학재단 연구상, 미시간 주 최우수교수상, 미국공학교육학회 교육자상 등을 수상했습니다.

그리고 이제는 국내에 돌아와서 국가학교폭력대책위원회 공동위원장, 국가교육과정정책자문위원회 위원, 국가인적자원위원회 운영위원 등 수많은 사회적 역할을 감당하면서 우리나라 교육의 현실을 탈바꿈시키기 위해 힘써 일하고 있습니다.

이 책 『인성이 실력이다』를 통해 조벽 교수가 강조하는 것은 한마디로 '우리 사회가 성숙한 어른을 길러내기 위한 인성 교육을 제대로 하자.'는 것입니다. 인성은 타고나는 것이 아니라 학습으로 익힐 수 있다고 그는 강조합니다.

우리는 주위에서 이런 말을 많이 듣습니다. '실력과 인성을 모두 갖춘 직원', '실력과 인성을 겸비한 선수', 심지어는 '실력이 없으면 인성이라도 좋아야 할 텐데…' 등의 말입니다. 인성과 실력을 따로 구분하는 것도 어불성설인데, 인성을 두고 마치 스스로 당당한 실력이 없을 때에 실력자에게 기대어 살기 위한 처세술인 양 비하하는 발상이 아닐 수 없습니다.

조벽 교수는 '성공과 행복은 홀로 얻을 수 없다.'는 대명제(大命題) 아래 아이들이 공부만 아는 공부벌레가 아닌 진정한 인생의 주인으로 성장하는 길을 제시하고 있습니다.

마크 주커버그, 오프라 윈프리 등 오늘날 성공하고 행복한 이들의 공통점은 자신의 이익을 넘어 타인과 세상을 위해 의미 있는 일을 하고 있다는 점입니다. 이는 역설적으로 21세기에는 남을 밟고 올라서는 성공이 아닌, 타인과 더불어 새로운 가치를 만들어내는 성공이 필요함을 보여줍니다. 이처럼 협력과 집단 지성이 중요해진 시기에 인성은 자신을 조율하고 타인과 함께 살아갈 수 있는 기초 능력으로서 성공과 행복의 밑거름이라고 강조하고 있습니다.

그는 이 책에서 오늘날 요구되는 인성교육의 구체적인 방법을 제시하고 있습니다. 인성의 핵심 역량들은 예나 지금이나 변함이 없지만, 이를 아이들에게 전달하는 방법은 시대에 따라 달라져야 한다는 것입니다. 또한 인성교육은 교과목 위에 인성이라는 새로운 지식을 쌓아주는 것이 아니라 아이들의 정신적 빈곤을 채워주는 것이며, 교과 이외의 교육이 아니라 교육의 본질임을 강조하고 있습니다.

저자는 이처럼 지식 습득과 인성을 나누어 생각하는 우리 사회의 이분법적 시각을 바로잡고자 '인성'을 '실력'으로 규정하고 있습니다. 그리고 인성교육의 핵심은 나와 타인에게 해로운 행동을 하지 않고, 바람직한 행동을 하는 것이라고 규정하고 있습니다.

조벽 교수는 학교와 가정에서 교사와 부모들이 스스로 인성교육을 점검하고 디자인하고 실천할 수 있도록 인성교육의 목표를 '삼율(三律)'과 '육행(六行)'으로 제시합니다.

'삼율(三律)'은 개인 차원에서 자신을 조율해 나가는 '자기 조율', 관계 속에서 다른 사람들과 조율해 나가는 '관계 조율', 그리고 공익을 위해 조율해 나가는 '공익 조율'을 의미합니다. 이 세 가지 능력을 제대로 발휘할 때 바람직한 행동이 나오며, 이 세 가지 조율을 가르치는 것이 인성교육의 과제라고 그는 강조합니다.

그는 또한 구체적인 실천 전략으로 '육행(六行)'을 제시하고 있습니다. 인성교육을 위한 구체적인 행동 기준인 육행은 '자율인(自律人), 합리(合理), 긍정심(肯定心), 감정(感情) 코칭, 입지(立志), 어른십'을 말하며 나와 타인을 사랑하고 스스로 인생의 주인이 되는 구체적인 방법들에 대한 것입니다.

'어른이 변해야 아이가 변한다!'

조벽 교수는 모든 일에는 순서가 있다고 말하고 있습니다. 인성교육은 무엇보다 자신을 조율할 줄 알고 아이들에게 공감할 줄 아는 '진정한 어른'이 있을 때 가능하다는 것입니다. 교사와 부모를 비롯한 이 사회의 모든 어른들이 일상에서 자신의 말과 행동으로 모범을 보여주고 아이들을 긍정적 감정의 세계로 초대할 때 아이들은 건강하게 성장할 수 있다는 것입니다.

그런 의미에서 바로 이 책은 교사와 부모부터 자신의 행동을 돌아볼 기회를 선사하며 그 바탕 위에 올바른 인성교육의 방법과 지혜를 전하고 있습니다. 나아가 교육 관계자들은 물론 우리 모두가 다음 세대의 올바른 성장을 위해 무엇을 어떻게 노력해야 하는지를 제시해주는 책이기도 합니다.

알라딘 독자평점이 무려 9. 4점을 기록한 이 책이 여러분을 도울 것입니다.

4.

멍 때리기의
놀라운 힘
– 뇌의 배신

오래전, 제가 다니는 성당의 미사 시간에 철학자 한병철 씨의 저서 『피로사회』의 내용을 인용한 신부님의 강론을 들었던 기억이 납니다. 성과주의를 지향하는 현대 사회에서 우리는 누가 강요한 것도 아닌데도 스스로를 정신없이 내모는 삶을 사는 것이 아닌지 돌아보아야 한다는 것이 요지였습니다.

확실히 우리는 스스로를 착취하고 있으며 '가해자'인 동시에 '피해자'임이 틀림없습니다. 신자유주의적 자본주의 사회에서 타자를 착취하는 것보다 자기를 착취하는 것이 훨씬 더 효과적이고 더 많은 성과를 올릴 수 있기 때문입니다. 문제는 이런 자기 착취가 자유스러운 느낌 속에서 이루어지고 있기 때문에 사람들은 완전히 망가질 때까지 자기 자신을 자발적으로 착취하고 있는 것을 깨닫지 못하게 되는 데에 있습니다.

게다가 기술의 눈부신 발전은 오히려 언제 어디서나 업무를 이어갈 수 있게 만들어서 우리의 삶은 멍하니 앉아 있는 소중한 시간도 빼앗기게 되었습니다. 무조건 열심히, 바쁘게 사는 것이 곧 성공의 길이라 생각하는 집단 최면에 걸린 현대인들에게 왜 휴식이 필요한지에 대해 과학적으로 설명하는 책이 있습니다.

스웨덴의 신예 뇌 과학자 앤드류 스마트가 쓴 『뇌의 배신 - 생각을 멈추면 깨어나는』이 바로 그 책입니다. 이 책은 무조건 열심히, 바쁘게 사는 것이 곧 성공의 지름길이라 생각하는 현대인들에게 아무 생각 없이 빈둥거리는 시간이 얼마나 중요한지를 과학적으로 흥미롭게 설명하고 있습니다.

그는 일중독자들로 가득 찬 세상을 비판하며, 일하지 않는 무위(無爲)의 행동이 왜 나태하고 게으른 자의 시간 낭비라는 오명을 쓰게 되었는지에 대해 역사적 사실을 통해 추적했습니다. 그가 게으름을 찬양하는 이유 또한 매우 과학적입니다.

그는 이를 뇌 과학계에서 화두가 되고 있는, 아무것도 하고 있지 않는 뇌의 기저 상태인 '디폴트 모드 네트워크'를 내세워 설명하고 있습니다. 뇌의 휴식은 불필요한 정보가 제거되고 기억이 축적되는 집중력과 창의력을 향상시키기 때문에 일을 수행할 때에나 성과를 내고 싶다면 꼭 필요하다는 것입니다.

비행기에는 오랜 시간 비행을 하는 조종사들의 피로를 덜어주기 위해서 자동으로 운항할 수 있는 '오토파일럿(Autopilot) 시스템'이 존재합니다. 이는 장시간 운전을 하는 동안 조종사들의 피로가 극에 달해 안전한 운항에 문제가 생길 수도 있기 때문에 존재하는 일종의 안전장치입니다.

이 오토파일럿의 도입 덕분에 조종사들은 항공 과정에서 특히 위험한 이륙과 착륙 구간에 정신력을 집중할 수 있게 되었습니다.

흥미로운 점은 이 오토파일럿 시스템이 인간의 뇌에도 존재한다는 것입니다. 우리가 휴식 상태에 들어서면 두뇌는 수동 제어 모드에서 이 오토파일럿 모드로 전환된다고 합니다.

두뇌에 있는 이 시스템은 우리가 어디로 가고 싶은지, 무슨 일을 하고 싶은지 정확하게 알고 있습니다. 하지만 이 오토파일럿이 얼마나 많은 것을 알고 있는지 확인하기 위해서는 오토파일럿을 믿고 뇌에게 조종을 맡겨야 한다고 저자는 주장합니다. 이것이 이 책의 원제목이 'Autopilot: The Art & Science of Doing Nothing'인 이유입니다.

늦잠을 자다가 침대에서 X축과 Y축을 발견했다는 데카르트, 정원에서 넋 놓고 사과나무를 지켜보다 만유인력을 발견한 뉴턴, 거센 바람소리가 들리는 성곽을 걷다가 「두이노의 비가 *Duineser Elegien*」를 쓴 릴케까지, 세상을 바꾼 위대한 아이디어의 숨은 공신은 '게으름과 나태함'이었다고 저자는 강조합니다.

우리들 자신도 이번 여름휴가 기간 동안만이라도 복잡한

생각 없이 한가하게 뇌를 쉬게 하면 어떨지요?

5.

라이프 코드

며칠 전, 전 직장의 후배에게서 카톡 문자가 왔습니다. 저의 의견을 구한다고 하면서 동영상을 함께 보내왔습니다. 그후배의 차량 블랙박스에 찍힌 동영상이었습니다.

퇴근길에 부인을 픽업하러 갔다가 조수석 문이 횡단보도 옆 기둥에 걸려서 비상등을 켜고 조심스럽게 후진을 했는데, 웬 아가씨가 다가오더니 안 내려 보느냐고 따지더라는 것입니다. 이유인즉슨 그 후배가 후진하는 차에 부딪혀서 나가떨어졌다고 합니다. 엉겁결에 미안하다고 사과하고 다친 데는 없느냐고 묻고 명함을 주고 왔는데, 집에 와서 블랙박스를 돌려보고서야 비로소 상황을 파악했다고 했습니다. 화도 나고 어이도 없었다고 했습니다.

보내온 블랙박스 동영상을 보았습니다. 주차된 차량 뒤 유리쪽으로 사람들 여럿이 횡단보도를 건너는 화면이 한동안 계속되다가, 차가 매우 조심스럽게 후진하는 장면이 나왔습니다. 그러더니 갑자기 곱상하게 생긴 젊은 여자가 차의 옆에서 나타나서 후진하는 차를 노려보더니 운전석을 향해 걸어가서 후배에게 하는 대화 내용이 녹음되어 있었습니다. 후진하는 차에 부딪혀서 나가떨어졌다는 내용입니다. 화면상으로는 흠 칫 놀라서 피한 정도로밖에는 보이지 않았습니다.

후배가 보험회사에 사고 접수를 하고 동영상을 보냈더니 보상 담당자도 황당하다는 반응을 보였다고 합니다. 일단 경 찰서 오가는 것이 귀찮으니 보상 처리하고, 너무 심하다 싶으 면 법적 조치를 하자고 권유했다고 했습니다. 더욱 가관인 것 은 그녀의 그 후의 행동이었습니다. 그녀와 통화한 보상 담당 자는 모 카드사의 계약직 임원의 비서인 그녀가 보상 담당자 에게 '같은 계열 보험사라서 좋게 이야기했는데 무슨 일을 그

따위로 하냐?'고 길길이 날뛰더라고 전하면서, 젊은 아가씨가 되바라지고 막돼먹었다고 혀를 차더랍니다.

흥분한 후배는 보험료가 오르는 것도 그렇지만 사회 정의상 가만둘 수가 없다고 생각하는데 제 생각은 어떠냐고 물어왔습니다. 절차를 알아보니 후배가 직접 관할 경찰서에 사고를 신고하고 국과수에 사고 조사를 의뢰해야 한다고 했습니다. 그런가 하면 후배의 차가 횡단보도에 걸쳐 있었기 때문에 보행자 보호의무 위반으로 처벌을 받을 수 있다고도 했습니다.

후배에게 불필요한 에너지 낭비는 하지 않는 것이 상책이라고 조언했습니다. 인간사가 사필귀정(事必歸正, 모든 일은 반드시 바른길로 돌아간다)이기 마련이니, '바늘 도둑' 같은 그 아가씨의 행동이 '소도둑'이 되어 언젠가는 스스로 더 큰 화를 자초할 텐데, 공연히 내 마음 상하지 말고 굳이 진흙탕에 발을 담글 일이 아니지 않느냐는 말도 해주었습니다.

후배가 그 후에 보상 담당자에게 확인해보니 그 아가씨는 그동안 정형외과에 1회, 한의원에 3회 다녔다고 했습니다.

문득 작년에 읽은 책 『라이프 코드』가 생각났습니다. 미국의 유명 토크쇼인 〈Dr. Phil Show〉의 진행자인 라이프 카운슬러 필 맥그로 박사(Dr. Phil McGraw)가 그의 오랜 경험을 압축해서 작년에 출간한 이 책은 우리 주변에 존재하는 '사악한 인간'들로부터 우리를 지켜내는 법을 알려주고 있습니다. 그는 이 책에서 전 생애에 걸쳐 그를 '속이고, 이용하고, 배신했던' 온갖 나쁜 인간들의 유형을 식별할 수 있는 8가지 방법과 타인을 기만하는 전형적인 책략 15가지를 제시하며, 두 번다시 나쁜 인간들에게 휘둘리지 않고 승리할 수 있는 16가지비책을 완성해냈습니다.

'악이 번성하려면 선한 이들이 수수방관하기만 하면 된다.'고 말한 영국의 대표적인 보수주의 정치 철학자 에드먼드 버크(Edmund Burke)의 말처럼, 어딜 가나 맞닥뜨릴 수밖에 없는 '악'이라면 이들을 효과적으로 제어하는 것 역시 매우 중요한 일일 것입니다. 그러자면 나쁜 상황이 어떻게 왜 벌어졌는지, 고통스럽더라도 현실을 똑바로 직시해야 합니다. 그저 넋 놓고 있는 것은 하등 도움이 되지 않습니다. 현실을 바꾸

려면 세상 물정에 밝아야 하며, 세상은 행동에 답한다는 사
실을 잘 알아야 한다고 그는 주장하고 있습니다.

사실 저 역시 그동안 사악한 사람들을 여럿 만난 경험이
있습니다. 저의 콤플렉스를 이용해서 저를 이용하려는 속셈
을 드러내던 사람, 직장 생활에서 가까운 척하면서 저의 뒤통
수를 쳤던 사람, 어떻게 알아냈는지 전역 후 35년 만에 찾아
와서 속셈이 뻔히 들여다보이는 감언이설로 저의 재산을 축내려
는 군대 후배 등 그 유형도 실로 다양했습니다.

New York Times 베스트 셀러 1위에 오르면서, 〈*Harvard
Business Review*〉로부터 '잔인할 만큼 솔직하고 지극히 현실적
인 책'이라는 평을 받은 이 책을 읽어보면 많은 도움이 될 것
입니다.

6.

리더의
마음을 읽고

16년 전 『사장이 직원을 먹여 살릴까, 직원이 사장을 먹여
살릴까』라는 제목의 책을 접했습니다. '마음 따로 행동 따로인
사장과 직원이 파트너십을 이루는 법'이라는 부제가 말해주듯
이 이 책은 '사장은 직원의 마음을 헤아리고, 직원은 사장의
마음을 이해하는 법'을 풀어내고 있었습니다. 교과서적인 이
론이 아니라 저자가 비즈니스 현장에서 겪은 다양한 사례가
담겨 있어서 매 장마다 고개를 끄덕였던 기억이 납니다.

바로 그 책의 저자인 홍의숙 인코칭 대표가 12번째 책을
펴냈습니다. 출간한 책의 제목은 『리더의 마음』입니다. 홍의

숙 대표는 지난 27년간 국내외 3만 명이 넘는 최정상 리더들을 육성하고 대한민국 주요 기업과 조직에 등대 역할을 해오며, 어떻게 하면 권위와 자존감을 세우면서도 신뢰와 성과까지 함께 성취할 수 있는 리더가 될 것인가에 대한 답을 찾기 위해 몰두했습니다. 그리고 오랜 질문에 대한 결과를 『리더의 마음』에 담았습니다.

문득 궁금해서 16년 전에 읽었던 책을 다시 열어보았습니다. 제가 코칭을 알기 전이어서 당시에는 눈에 띄지 않았던 내용들이 이제야 비로소 한눈에 들어왔습니다. 『사장이 직원을 먹여 살릴까, 직원이 사장을 먹여 살릴까』는 바로 코칭 리더십에 대해 분명하게 알리고 있었습니다. 더불어 책의 끝에서는 그 해에 갓 출범한 전문 코칭 포름(coaching firm)인 〈인코칭Incoaching〉의 코칭 프로그램도 소개했습니다.

그리고 16년이 지난 지금, 저자가 지난 27년간의 내공을 집대성해서 펴낸 책은 바로 『리더의 마음』입니다.

'공감이 세상을 바꿀 수 있습니다.'

저자는 이 한 문장에 현재 우리나라의 기업과 경영자를 포함한 크고 작은 조직의 리더들이 갖추어야 할 태도의 모든 것이 함축되어 있다고 말합니다. 그리고 미래의 경쟁에서 승리하는 조직은 사람의 마음을 헤아리는 따뜻한 기업이라고 생각하고 있습니다.

이어 저자는 책의 첫머리에서, 오랜 경험을 통해서 볼 때 리더에게 가장 중요한 덕목은 '스스로에 대한 자존감'임을 명확히 밝히고 있습니다. 이기기 위해, 살아남기 위해 매 순간 최고의 선택을 해야 하는 리더에게 가장 필요한 것은 이론도 기술도 아니라고 했습니다. 성공한 리더들은 스스로 자존감을 가지고 판단과 결정을 올바르게 내리기 위해서 무엇보다 '마음'에 집중해야 한다는 점을 일깨워주고 있습니다. 자신의 마음을 다스리는 것, 자신을 따르는 사람들의 마음을 움직이는 것, 이 어렵고도 고독한 일을 해내는 사람이야말로 결국 성과와 사람을 이끄는 리더가 된다고 합니다.

자존감이 높은 리더는 실수를 쉽게 인정하고 수정합니다. 아무리 낮은 지위에 있는 사람이라도 사안 자체로만 평가합니다. 그리고 스스로 편안하기 때문에 태도와 행동이 자연스럽습니다. 리더는 가면을 벗는 용기도 기꺼이 발휘하며, 주위에 자연스럽게 영향력을 스며들게 하고, 자신만의 리더십 유형을 개발하여 위기일 때 책임을 집니다.

자존심이 높은 리더는 조직 구성원의 마음을 읽는 법을 알며, 기업의 핵심인 중간관리자에 대해 과감하게 업무 위임을 하고, 전폭적인 신뢰를 통해 조직원들의 성장을 지원합니다. 또한 조직원 모두를 내편으로 만들 줄 아는 자존감이 높은 리더는 강력한 팀워크를 만들어내면서 새로운 시대에 걸맞는 조직 관리를 이끌어냅니다.

이미 4차 산업혁명의 거센 물결을 맞고 있는 우리가 조직과 세상을 대하는 태도를 어떻게 바꿔야 하는지에 대해 많은 실제 사례를 통해 혜안을 제시하고 있는 이 책의 읽기를 권합니다.

리더십은 자질이 아니라 마음입니다.

7.

밥벌이의
지겨움

오래전, 노무현 전 대통령께서 휴가 기간 중에 『칼의 노래』를 읽었다는 신문 보도를 보았습니다. 어떤 책이기에 현직 대통령의 관심을 끌었을까 궁금해서 저도 한번 따라서 읽어 보았습니다.

극도로 절제된 단문(短文)으로 일관하면서 엄청난 힘을 느끼게 해준 소설 『칼의 노래』는 나의 마음을 송두리째 잡아채면서 '김훈'이라는 작가의 이름을 제 머릿속에 깊이 각인시켜 놓았습니다.

그리고 6년 후에 그가 다시 소설 『남한산성』을 발표하자,

볼 것도 없이 즉시 구입해서 단숨에 읽었습니다. 이번에도 역시 그는 압도하는 단문으로 병자호란의 참상을 처연하면서도 담담하게 그려내고 있었습니다.

그랬던 김훈 작가가, 이번에는 그의 세설(世設) 『밥벌이의 지겨움』으로 다시 한 번 나의 마음을 헤집고 들어왔습니다. 굳이 '에세이'가 아닌 '세설'이라는 단어를 사용한 그는 '쓸데없이 자질구레하게 계속 말을 늘어놓는다.'는 세설의 본뜻과는 다르게, 첨예한 통찰의 언어로 세상과 풍경에 대한 독특하고 의미 있는 해석을 내놓고 있었습니다.

대학시절 밤을 지새우게 했던 고 김태길 교수님의 『흐르지 않는 세월』과 이근후 박사님의 『나는 죽을 때까지 재미있게 살고 싶다』에 이어, 에세이로서는 3번째로 나에게 강렬한 인상을 남겨준 책입니다.

'밥에는 대책이 없다. 한두 끼를 먹어서 되는 일이 아니라, 죽는 날까지 때가 되면 반드시 먹어야 한다. 이것이 밥이다. (中略) 나는 밥벌이를 지겨워하는 모든 사람들의 친구가 되고 싶다. 친구들아, 밥벌이에는 아무 대책이 없다. 그러나 우리들의 목표는 끝끝내 밥벌이가 아니다. 이걸 잊지 말고 또다시 각자 핸드폰을 차고 거리로 나가서 꾸역꾸역 밥을 벌자. 무슨 도리 있겠는가. 아무 도리 없다.'

도리 없는 일임을 알면서도 해야 하는 살아 있음의 구체성, 김훈 작가는 그것을 말하고 있습니다.

누구나 먹고 사는 현실적인 문제에 부딪히기 마련입니다. 언젠가 탤런트 윤여정 씨가 KBS 2 TV 〈무릎팍 도사〉 프로그램에 출연해서 '배우가 연기를 제일 잘할 때는 바로 배고플 때'라고 한 말이 생각납니다. 프랑스의 평론가이자 〈악의 꽃〉이라는 시로 프랑스 상징시의 선구자로 추앙받는 보들레르 역시 밥을 벌기 위해 외설스럽고 저속한 글을 썼던 것으로 알려져 있습니다.

'먹기 위해 일해야 하고, 그래서 지겹지만, 그래도 벗어날 수 없는 삶의 구석구석을 예리하게 응시한다. 때로는 비관스

럽지만, 절망할 수만은 없는 한국 사회의 일상이 해학적으로 그려진다.'

중앙일보의 서평입니다.

8.

One Thing

2016년 시즌 초반부터 미국 LPGA 무대에서 한국 낭자들의 기세가 예사롭지 않습니다. 지난 1월 말 금년도 개막전인 〈퓨어 실크 바하마 LPGA 클래식〉에서 김효주 선수가 우승컵을 들어 올린데 이어, 오늘 시작한 두 번째 대회인 〈코츠 골프 챔피언십 대회〉 1라운드에서 장하나 선수가 선두로 치고 나간 가운데 전인지, 김세영 선수가 공동 2위로 바짝 뒤를 쫓고 있는 등 금년에도 한국 여자 선수들이 LPGA에서 독무대를 이룰 징후가 짙어 보입니다.

오늘 새벽 운동 중 TV 중계 막간에 나온 김효주 선수의 인터뷰 내용이 귀에 쏙 들어왔습니다. 그녀는 금년 목표를 '올림픽에 출전해서 선전(善戰)하는 것'과 '페어웨이 안착률을 높이는 것'으로 잡았다고 밝혔습니다. 페어웨이 안착률을 높이면 자연스럽게 스코어도 좋아지고 우승 기회도 많아지는 것 아니겠느냐는 것이 그녀의 부연 설명입니다. '역시!'라는 감탄사가 절로 나왔습니다.

미국 메이저 리그에서 대활약을 펼치고 있는 류현진 선수가 2004년 시즌을 마치고 귀국하면서 가진 인터뷰에서도 같은 말을 했습니다.

그는 다음 시즌 목표가 '200이닝 투구'라고 했습니다. 데뷔 두 번째 시즌에서 세 차례나 부상을 입어 데뷔 시즌보다 40이닝이나 적은 152이닝밖에 던지지 못한 만큼, 한 시즌 내내 건강하게 선발로테이션을 지키겠다는 의지의 표현이었습니다. 이어지는 그의 부연 설명 역시 김효주 선수와 같은 맥락이었습니다. '200이닝을 던지려면 일단 부상이 없어야 하고, 조기 강판도 당하지 않아야 하기 때문에 정한 목표'라고 했습니다.

이들 두 선수의 목표는 매우 간결하면서도 포괄적이었습니다.

그룹 지식포럼에 다녀오신 대표이사께서 추천한 게리 켈러(Gary Keller)와 제이 파파산(Jay Papasan)의 공저 『원씽-복잡한 세상을 이기는 단순함의 힘*One Thing*』을 읽었습니다. 이 책의 메시지가 위에 언급한 두 선수의 정신을 명쾌하게 설명해주고 있습니다.

'중요하지 않은 것은 버려라. 당신의 에너지를 오직 한 가지에 집중하라!'

'원씽(One Thing)'은 세상의 모든 분야에 적용될 수 있는 개념이라고 생각합니다. 기업의 입장에서는 회사를 상징하거나 정체성을 드러내는 하나의 제품이나 서비스, 개인의 삶에서는 자신의 인생을 의미 있게 만들어주는 한 가지 목표를 의미합니다. 다시 말해 기업의 수익성과 매출, 개인의 직업과 연봉과 같은 단선적인 시각이 아닌 보다 본질을 관통하는 주제이며 목적을 향해 나아가도록 해주는 원천인 것입니다. 그래서 저자는 이 책에서 '당신에게 가장 중요한 〈단 하나〉는 무엇인가?(What's your ONE Thing?)'라고 계속해서 질문을 던집니다.

1990년, 이화여대 앞에 1호점을 낸 이후 급성장을 계속해서 국내 피자 시장의 40%를 점유하여 1위에 오른 Mr Pizza의 사훈은 〈신발을 정리하자〉입니다. 생뚱맞다고 고개를 갸웃거리는 우리에게 정우현 회장은 "신발을 정리하는 자세는 한마디로 '겸손'을 뜻한다."고 설명합니다. 되돌아보면 자신을 낮추는 겸손한 자세가 가장 사랑 받고 존경 받는 길이라는 것을 터득했기 때문에, 직원 대상으로 공모한 사훈 중에 나온 것을 직접 골랐다고 했습니다.

16년 연속 가장 일하고 싶은 회사 100위 안에 포함된 J W Marriott Hotel의 사훈은 〈직원을 잘 보살펴라〉입니다. 직원이 즐거워야 손님에게도 좋은 서비스를 제공할 것이라는 뜻입니다. 군말이 필요 없습니다.

김효주 선수와 류현진 선수 같이 그 분야에서 정상에 오른 대가들은 진정으로 One Thing의 의미를 이해하고 있는 것으로 보입니다. 일전에 말씀드렸듯이 저의 One Thing은 매일 2만 보 이상의 속보와 월 10권 이상의 독서입니다.

여러분의 One Thing은 무엇인지요?

9.

세상 물정의 사회학

　새벽 헬스장 운동 중에 보게 된 TV 신간 안내 코너에서
『세상 물정의 물리학』이라는 책을 소개했습니다. 인터넷 서점
에서 검색해보니 유사한 제목의 책이 2년 전에 출간된 것을
알게 되었습니다. 노명우 교수의 『세상 물정의 사회학』입니다.

　『세상 물정의 물리학』을 쓴 성균관대학교 김범준 교수는
2년 전 출간된 『세상 물정의 사회학』을 읽고, '세상 물정'이라는
테이블에 물리학자로서 같이 앉아보기로 했다고 했습니다.

　김 교수는 '사회학적 질문의 대상이 되는 인간과 물리학
의 질문의 대상이 되는 인간은 서로 다르지 않다.'는 사실을

상기하면서 학문 간 만남과 자극, 그리고 수없이 주고받는 통찰을 통해 『세상물정의 물리학』을 펴냈다고 했습니다. 그리고 『세상 물정의 사회학』의 노명우 교수는 김범준 교수의 『세상 물정의 물리학』의 추천사를 썼습니다.

'세상물정'의 깊은 속사정을 들여다보고 세상을 지혜롭게 이해하는 기회다 싶어서 『세상 물정의 사회학』부터 먼저 읽어 보기로 했습니다.

노명우 교수는 독일 베를린 자유대학에서 박사학위를 받고 지금은 아주대학교 사회학과 교수로 재직하고 있는 분입니다. 그는 이론에 매몰되어 사회로부터 고립되어 가는 폐쇄적인 학문보다는 평범한 사람들의 일상에서 연구 동기를 찾는 사회학을 지향한다고 했습니다. '세상 물정 좀 아십니까?' 노명우 교수는 이렇게 읊조리며 세상 물정의 비밀과 거짓말 속으로 뛰어들었습니다.

노 교수는 프롤로그에서 다음과 같이 이야기했습니다.

'좋은 삶을 기대하는 유토피아적 희망은 삶의 무시무시한 리얼리티와 마주할 수 있는 용기를 먹고 자란다. 세상은 만만하지 않다. 세상은 아름다운 만큼이나 추하고, 사람들은 선한 만큼이나 악하다. 꽃보다 아름다운 사람도 있지만, 짐승만도 못한 인간도 있는 법이다. 이러한 세속의 양면성을 드러내는 삶의 리얼리티는 모든 것이 아름답다고 착각하게 만드는 환등상(幻燈像)의 등불을 끄게 만드는 힘의 근원이다. 거창하게 말하면 유토피아적 희망, 소박하게 말하자면 좋은 삶에 대한 기대는 약간은 가슴 쓰라린 세상의 리얼리티에 대한 인식으로부터 출발해야 한다.'

그가 말하고자 하는 바를 달리 말하면 세상 물정을 알고 영리하게 살아가는 방법이라고 할 수 있습니다. 다시 이 책의 프롤로그 내용입니다.

'좋은 삶을 살기 위해서 교활해서는 안 되지만 영리할 필요는 있다. 영리하기 위해서는 세상을 파악할 수 있는 능력이 있어야 한다. 세상이 돌아가는 이치를 알아야만 우리는 좋은 삶을 지키기 위한 방어술을, 그리고 좋은 삶을 훼방 놓는 악한 의지의 사람을 제압할 수 있는 공격술을 모두 터득할 수 있다. 좋은 삶은 그래서 공격과 방어의 기술을 요구한다. 좋은 삶은 공격과 방어의 기술을 능숙히 사용해서 세상과 교류할 수 있는 방법을 터득한 사람들이 얻을 수 있다.'

이 책의 1부에서는 상식/명품/프랜차이즈/해외여행/열광/언론/기억/불안/종교 등의 키워드를 통해 우리가 발을 딛고 서 있는 세속이라는 리얼리티의 풍경을 그리고 있습니다. 화려한 세속의 풍경 뒤에 감춰진 리얼리티를 드러내며 우리 삶에 대한 성찰로 안내합니다.

2부에서는 이웃/성공/명예/수치심/취미/섹스/남자/자살 등 평범한 사람들의 일상적인 문제를 고민합니다. 누구나 마주하는 일상 속의 문제적 장면을 포착해서 아름답고도 추한, 선하고도 악한 세상 물정의 속사정을 들여다보고 있습니다.

1부와 2부에서 세속의 풍경과 삶의 평범성을 궁리하고

난 후, 3부에서는 좋은 삶을 열망하기 위해서 필요한 사회적이고 개인적인 고민을 제안하고 있습니다. 세상 이치를 알아야만 좋은 삶을 지키기 위한 방어술을, 좋은 삶을 훼방 놓는 악한 의지의 사람을 제압할 수 있는 공격술을 익힐 수 있다는 것입니다.

알라딘 독자 평점이 무려 9. 0에 이르는 이 책을 꼭 읽어 보시기 바랍니다.

산 자와 죽은 자

새벽 헬스 중, TV에서 『산 자와 죽은 자』라는 소설에 대해 소개하는 것을 보았습니다. 인터넷 알라딘 서점에서 검색을 해보았습니다. 독일 여류작가 넬레 노이하우스의 작품인데, 알라딘 독자 평점이 무려 9. 2점에 달했습니다. 어떤 책이기에 이렇게 높은 평점을 받았을까 궁금해서 손에 잡았습니다. 그러고는 소설의 매력에 흠뻑 빠져 그녀의 작품 7편을 모두 섭렵했습니다.

넬레 노이하우스(Nele Neuhaus)는 『해리 포터*Harry Potter*』가 독일 서점을 점령하고 있을 때 혜성과 같이 등장한 독일 작가입니다. 모두가 열광하던 영국산 판타지 소설을 제치고 나타난 노이하우스의 범죄소설은 지극히 독일적이고 현실적이었습니다.

이성적이고 대가 센 여자들이 등장하는 등 독일인만이 느낄 수 있는 정서를 그렸다는 평을 받은 노이하우스 소설들은 일반의 예상을 뒤엎고 빠르게 세계적 베스트셀러로 우뚝 올라섰습니다. 한국에서도 『백설공주에게 죽음을』이 소개된 후 소위 〈타우누스 시리즈〉가 줄줄이 번역되면서, 그간 독일 소설이 누리지 못한 대중적 인기를 한 몸에 받고 있습니다.

1967년 독일 뮌스터에서 태어난 노이하우스는 11살 때 마인 강이 흐르는 '타우누스' 지방의 시골 마을로 이사한 후 농장에서 말을 타며 어린 시절을 보냈습니다. 〈타우누스 시리즈〉가 탄생한 배경입니다. 그녀는 대학 졸업 후 광고 회사에 근무하면서도, 결혼을 하고 남편의 소시지 공장에서 일하면서도 줄곧 작가의 꿈을 놓지 않았습니다.

그러나 아무도 그의 작품에 관심을 보이지 않아서, 그녀는 처음에는 자비로 책을 출간할 수밖에 없었습니다. 그러던 중 부드러운 카리스마의 수사반장 '보덴슈타인'과 뛰어난 직관의 형사 '피아' 콤비가 등장하는 〈타우누스 시리즈〉가 인기를 모으면서 한 순간에 베스트셀러 작가의 반열에 올랐습니다. 그중에서도 시리즈 네 번째 작품인 『백설공주에게 죽음을』은 출간된 지 사흘 만에 베스트셀러 순위에 올라 무려 32주 동안 1위를 지키는 등 뜨거운 사랑을 받았습니다. 그녀를 독일 미스터리의 여왕으로 만든 이 작품은 독일에서만 350만 부 이상 판매되고, 전 세계 30여 개 나라에서 출간되었습니다. 한국에서도 〈타우누스 시리즈〉는 시리즈의 모든 작품이 베스트셀러가 되면서, 그동안 비주류였던 독일 문학과 장르 소설의 대중적 인지도를 끌어올리는 데 크게 기여했다는 평을 받고 있습니다.

노이하우스가 이야기를 엮어내는 능력은 대단합니다. 관계 설정에 억지로 끼워 맞춘 흔적이 전혀 없고, 시리즈 전체의 흐름이 자연스럽습니다.

노이하우스 작품의 공통된 주제는 '욕망'입니다. 욕망이라는 열차에 올라탄 사람은 사랑, 순정, 의리 같은 순수한 이름을 짓밟으며 지나가고, 타인의 욕망을 욕망하는 사람은 질투의 늪으로 깊이 빠져듭니다. 노이하우스의 소설이 인기 있는 이유는 아마도 인간의 악함보다는 인간이기 때문에 가지는 약점을 솔직 담백하게 드러내기 때문일 것입니다. 그래서 우리는 노이하우스의 인물들을 미워할 수 없습니다.

노이하우스의 〈타우누스 시리즈〉는 무엇보다도 재미있습니다. 작품의 흡인력이 대단해서 600 페이지 전후의 두툼한 책을 읽다 보면 어느새 마지막 페이지를 넘기고 있기 일쑤였습니다. 기왕이면 〈타우누스 시리즈〉는 다음과 같은 순서대로 읽어보시기를 권합니다.

⑴사랑받지 못한 여자 ⑵깊은 상처 ⑶너무 친한 친구들 ⑷백설공주에게 죽음을 ⑸바람을 뿌리는 자 ⑹사악한 늑대 ⑺산 자와 죽은 자 ⑻여우가 잠든 숲 ⑼잔혹한 어머니의 날

11.

가족의
두 얼굴

가족은 우리가 태어나 처음으로 관계를 맺는 곳입니다. 그리고 우리가 가족 안에서 어떤 관계를 맺고 어떤 감정을 경험했는가는 평생 동안 간직될 감정의 채널을 고정시키게 만듭니다. 우리는 가족관계를 통해 인생을 살면서 수없이 형성하게 될 대인관계에 대한 기본적인 믿음과 기대를 갖게 되며 이것은 친구, 연인, 부부, 자녀 등 여러 관계 속에서 많은 영향을 미치게 됩니다.

한세대학교 최광현 교수가 쓴 『가족의 두 얼굴』은 우리가 겪는 가족 문제에 대한 책입니다. 독일 본(Bonn)대학에서 박사학위를 받은 저자는 독일과 우리나라에서 가족치료사로 활동하면서 따뜻함보다는 가족으로부터 비롯된 슬픔과 아픔, 피해 의식과 트라우마를 지닌 이들을 더 많이 만났다고 고백하고 있습니다. 서로 아끼고 보듬고 사랑을 키워야 할 가정이 자칫 잘못하면 불행의 싹을 자라게 하는 인큐베이터가 될 수도 있는 것이 오늘날의 가족이라는 것입니다.

그리고 우리 마음에 생긴 가장 깊은 상처는 대부분 가족과 연결되어 있다고 진단합니다. 한 걸음 더 나아가서 그는 가족 안에서 겪는 문제뿐만 아니라 삶에서 경험하는 불행, 낮은 자존감, 불편한 인간관계 등의 뿌리가 가족 안에 있다고 보고 있습니다.

가족관계는 우리의 인간관계를 찍어내는 붕어빵의 틀이라고 할 수 있다는 것이 그의 생각입니다. 가족관계가 어떤 틀이었는가에 따라 이후의 수많은 인간관계가 그와 유사하게 만들어진다고 합니다. 예를 들어, 어린 시절 외로웠던 사람은 자신도 모르게 스스로 외롭게 느끼고 일상 속에서 외로운 감정에 더 민감하게 반응합니다. 그러나 정작 본인은 외로움을 느낄 때 이 외로움이 자기 내면에서 온다는 사실을 모릅니다. 대부분 자신의 환경이나 가족, 주변 사람을 탓하기 쉽고 자기 자신이 외로움의 주요 원인이라는 점을 모릅니다.

한편 가족에게 소속되지 못하고 거부당한 경험을 반복한 사람은 자기 정체성과 자존감에 상처를 입습니다. 스스로 무 가치하고 아무 짝에도 쓸모없는 존재라고 여깁니다. 자존감 이 낮은 사람이 커서 가정을 꾸리면 이런 심리가 가족들에게 무관심하고 자기 일만 아는 이기적인 사람으로 비쳐지는 행 동을 낳게 된다고 합니다. 사실 속마음이 그런 것은 아닌데 어떻게 해야 다른 사람과 좋은 관계를 맺을 수 있는지, 좋은 분위기를 만들어낼 수 있는지 모를 뿐이라는 것이 그의 해석 입니다.

이 책에서는 어느 곳을 펼치든 우리네 가족과 비슷한 상 처를 안고 살아가는 다양한 가족들의 사례와 더불어 저자가 겪은 상처에 대한 솔직한 고백이 펼쳐집니다. 그들의 상처를 읽어가다 보면 자연스럽게 나와 가족을 바라보는 새로운 시선을 갖게 됩니다. 또한 내 안의 상처를 다독이고 위로 받을 수 있을 것입니다.

최 교수는 가족문제를 해결하는 첫 걸음은 '있는 그대로의 나를 사랑하는 것'이라고 강조합니다. 불행한 가족관계를 푸는 열쇠는 상대방이 아닌 '나 자신'에게 있다는 것입니다.

그러나 상처 치유가 감기 낫듯이 한 번에 되는 것은 아니라고 지적합니다. 상처의 치유에는 시간이 걸리고 그 과정에서 오는 고통도 분명 따르지만, 세상에서 가장 의미 있는 노력이 될 것이라고 그는 단언합니다.

'사랑하지만 상처도 주고받는 나와 가족의 심리 테라피(therapy)'라고도 할 수 있는 이 책을 읽고 치유의 경험을 해보시기 바랍니다.

12.

분노의 심리학

(What Was I Thinking!: The Dumb Things

We Do and How to Avoid Them)

4성 장군 출신 재향 군인회장이 금품 수수 비리에 연루
된데 이어, 의원 사무실에 카드 단말기를 설치하고 자신의 시
집을 사실상 강매한 야당 국회의원이 세간의 질타를 받고 있
습니다. 야당 의원은 대국민 사과 성명을 발표하면서 소속 상
임위원장에서 사퇴했고, 재향 군인회장은 구속되었습니다.

운동권 출신 등단 시인으로 3선의 관록을 지닌 국회의원
과 국군보안사령관, 제1 야전군 사령관을 역임한 화려한 경력
의 만 77세의 노인은 도대체 왜 그 같은 하찮은 욕구를 참지
못하고 그동안 쌓아온 사회적 성공과 명예에 먹칠을 하며 한
순간에 수치의 나락으로 떨어져 버린 것일까요?

뉴욕 시립대학교 대학원 사회학과 교수인 윌리엄 헬름라이히(William Helmreich)는 그의 저서 『분노의 심리학*What was I thinking : Dumb things we do and how to avoid them*』에서 그 근본 원인을 분석하고 유사한 실수를 피할 수 있는 통찰력을 제시해주고 있습니다.

사실 위와 유사한 잘못된 행동들은 우리 모두가 언제든지 저지를 가능성이 있는 것들입니다. 심한 경우 운전 시비 끝에 상대방 차량을 부수기도 하고, 헤어지자는 말에 격분하여 여자 친구를 차로 들이받습니다. 계약금을 뜻대로 돌려받지 못한 사람이 분을 참지 못하고 몸에 불을 지르기도 합니다.

이 책에서는 학력을 속이고, 뇌물을 받고, 불륜을 저지르고, 물건을 훔치고, 논문을 표절하는 등의 행위가 잘못인 줄 알면서도 잘못을 저지르는 사람들의 행동과 원인을 파헤쳐가면서 빌 클린턴, 마사 스튜어트, 타이거 우즈 등 유명인과 그들만큼 행복과 성공을 좇는 많은 보통 사람들의 치명적인 실수에 대해서도 다루고 있습니다.

저자는 그들 대부분이 성격적으로 내재된 약점을 가지고 있고, 감정 변화가 충동적이어서 평생 보살핌이 필요할지도 모른다고 말합니다. 그들은 그런 행동이 위험하고 대단한 보상을 얻지 못한다는 사실도 잘 알고 있지만 그냥 그들은 생각나면 해야만 하고 그에 따르는 위험은 마음에 두지 않습니다. 이 책에서 사회학 교수인 저자는 유명하거나 평범한 우리 주변의 사람들이 왜 한 순간에 자신을 나락으로 몰고 가는 행동을 저지르는지 그 수수께끼를 파헤쳐 해답을 얻어내려고 시도합니다.

그러나 저자는 이들이 왜 그런 행동을 했는지 단정적으로 명쾌하게 설명해주는 정답은 없다고 전제하고 있습니다. 원인들이 너무 복잡하고 경우도 수없이 많다는 것입니다. 그럼에도 불구하고 그는 크게 몇 가지 원인들로 요약해서 설명하고 있습니다.

우선 잘못을 저지르는 사람들이 속해 있는 사회가 일정 부분의 역할을 한 것으로 이해합니다. 특별한 성장 배경을 가지고 있다거나, 아주 어린 나이에 형성된 그릇된 가치관이 뒤늦게 작용한 경우도 있고, 사회 속에 있는 '작은 사회'의 독특한 문화적 영향일 수도 있으며, 존경의 대상이 저지르는 나쁜 행동들을 보고 '모든 사람이 다 한다.'는 자기 행동의 합리화를 하기도 한다는 것입니다.

두 번째 이유로 이들의 '오만(傲慢)'을 이유로 들고 있습니다. 지나친 자신감의 결과 자신은 건드릴 수 없다고 믿는다거나, 다른 사람을 의식하지 않는 태도, 권력자들이 흔히 보이는 나르시스트(narcissist) 성향, 주변을 통제하려는 지배적인 성향 등이 원인이라는 것입니다.

세 번째로 이들의 야망과 식용이 잘못된 행동을 유발시킨다는 것이 저자의 해석입니다. 인정받으려는 끊임없는 욕구와 출세에 대한 갈망, 이익에 대한 욕망, 권력에 대한 집착과 질투심 등이 바로 그것들입니다.

한편 정의와 명예에 대한 잘못된 시각에서 비롯된 경우도 있습니다. 불공정에 대한 왜곡된 감정적 반응이나 자신의 권위에 대한 침해 의식, 자기 것 지키기나 앙갚음, 그리고 잘못된 의리 등으로 인해 일반상식을 넘어서는 행동을 하게 되는 것입니다. 또한 궁지에 몰렸을 때 손쉬운 해결책을 찾으려는 안이한 생각이 실제로는 더 큰 문제를 일으키는 것들입니다.

한편으로는 나쁜 행동을 저지르는 사람들이 자제를 했어야 하지만 그러지 못한 일시적인 충동과 불안의 결과물로 발생하는 경우도 있습니다. 그 가운데 일부는 수많은 사람들을 괴롭히는 심리적 질병이 나쁜 행동의 온상이 된 경우도 있다고 합니다. 문제는 이러한 행동들이 입원 치료를 받을 정도는 아니지만 사람들의 생활을 방해할 정도로 중대한 영향을 미친다는 점입니다.

대다수의 경우, 바보 같은 결정을 내릴 때에는 딱 한 가지만이 아니라 몇 개 이상의 원인이 얽혀 있기 때문에 상식적으로 가늠하기 어려울 수밖에 없다고 합니다.

인간의 어리석은 짓을 다루고 있는 이 책의 많은 사례 가운데 어떤 것은 재미있고, 어떤 것은 읽으면 우울해지고 분노를 일으키기도 합니다. 그러면서 사람들이 저지른 여러 행동의 '이유'를 이해하게 될 것입니다. 분명히 다른 사람들이 저질렀던 실수에 얽힌 이야기들을 읽으면 비슷한 실수를 피할 수 있을 것이고, 사람들의 행동에 대한 지침을 제공하므로 지식과 통찰력을 배울 수 있을 것입니다. 이 책에 나오는 모든 잘못된 행동들은 우리 모두가 언제든지 저지를 가능성이 있는 것들입니다. 지금도 일어나는 그런 치명적인 실수들은 저지르는 사람은 다르겠지만 이유는 대부분 비슷합니다. 그 점에서 이 책은 시의적이기도 하고 시간에 구애받지 않는 영원한 것이기도 합니다.

저자인 헬름라이히 박사는 이 책에서 실수를 바로잡는 첫 번째 단계는 당신이 실수했다는 바로 그 사실을 인정하는 것이고, 그다음은 당신이 왜 그런 짓을 저질렀는지 이해해야 하며, 세 번째로 다시는 실수를 하지 않도록 피하는 방법을 찾아야 한다고 강조하고 있습니다. 따라서 그는 마지막 장에서 우리들 인생에서의 치명적인 실수를 미리 예방할 수 있도록 42개의 방안, 접근법, 제안 등의 지침을 제공하고 있습니다. 이들 제안은 우리가 어떻게 하면 어리석은 행동을 자제하고 안정되고 정상적인 삶을 살아갈 수 있는지에 대한 지혜로운 해결책이 될 것이라고 생각합니다.

어제 아침에 입법 로비 혐의를 받은 야당 국회의원 두 명에게 1심에서 실형이 선고되었다는 뉴스를 보았습니다. 시청자들 모두 혀를 차면서 한심하다는 표정을 짓고 있지만 우리들 모두도 자칫하면 저지를 수 있는 실수일 수도 있습니다. 이 책을 통해 각자 돌이킬 수 없는 실수를 예방할 수 있기를 희망하면서 아인슈타인의 말을 다시 한 번 음미해봅니다.

'무한한 것은 두 가지밖에 없다. 하나는 우주이고, 나머지 하나는 인간의 어리석음이다. 그리고 나는 전자(前者)는 확실히 모르겠다.'

13.

밀림무정

(密林無情)

1968년에 68세로 영면하신 저의 조부께서는 타고난 이야기꾼이셨습니다. 때때로 손자 3형제를 앞에 앉혀 놓고 이런저런 이야기보따리를 풀어 놓으실 때면 저희 형제들은 모두 넋이 나간 채 침을 꼴깍 삼키면서 귀를 쫑긋 세우고 들었던 기억이 새롭습니다.

50년이 훨씬 지난 지금도 머리에 남아 있는 이야기 중 하나는 삼국지 이야기입니다. 독화살을 맞은 관운장이 맨정신으로 태연히 그 상처를 째고 뼈를 긁어 독을 제거하는 모습을 묘사하는 장면에서는 오싹하면서 절로 어깨가 움츠려지기도 했습니다.

또 하나 선연하게 기억에 남아 있는 이야기는 백두산 호랑이 이야기입니다. 사냥을 즐기시던 조부의 생생한 증언으로 여겨졌기에 더욱 실감 있게 받아들였습니다.

어느 날 사냥 중에 산에서 호랑이를 만났다고 합니다. 저 멀리 바위 위에 우뚝 서 있는 호랑이를 발견하고는 총구를 전방으로 향한 채 앞을 노려보면서 뒷걸음질쳐서 무사히 험지(險地)를 빠져 나왔다는 이야기를 들으면서 손에 절로 땀이 나기도 했습니다. 호랑이 같은 맹수와 맞닥뜨리면 절대 등을 보여서는 안 되며, 기 싸움을 하면서 후퇴해야 한다고 하셨습니다.

실제로 아버지가 현직에 계실 때도 할아버지의 취미는 사냥이었습니다. 집에서 키우던 셰퍼드, 포인터, 도베르만 등 3마리의 사냥개를 이끌고 가끔 사냥을 나가셨다가 허리춤에 꿩을 꿰차고 돌아오시면 삶은 꿩의 털을 뽑는 것은 저희 형제들의 몫이었습니다.

꿩 요리를 먹는 자리에서는 사냥꾼의 법도에 대한 이야

기가 이어졌습니다. 노루를 사냥하면 사냥꾼은 목을 베어서 신선한 피만 마시고, 고기는 몰이꾼에게 양보해야 한다는 등이 그것입니다.

김탁환 작가의 최근작 『密林無情(밀림무정)』 1,2권을 손에 잡은 것도 그러한 어릴 때의 이야기 향수가 나를 자극한 때문입니다.

『밀림무정』은 일본이 우리나라를 점령하고 있던 1940년대, 폭설로 뒤덮인 개마고원에서 펼쳐지는 조선 최고의 명포수와 대왕 호랑이의 추격전을 생생하게 그린 소설입니다.

주인공의 이름은 '산', 그리고 산군(山君) 중의 산군이라 할 수 있는 거대한 백두산 흰 호랑이의 이름은 '흰머리'입니다. 때는 1940년대 일제하의 겨울, 함흥에서 백두산에 이르기까지 조선의 마지막 호랑이를 추격하는 여정은 인간이기 이전의 야성과 원시적 본능을 일깨우면서 그 어떤 서스펜스 스릴러 소설보다도 더한 긴박감을 주며 전개됩니다.

그의 작품은 『노인과 바다』와 『모비딕』 등 자연과 인간의 집념 어린 대결을 그린 고전들과 맥을 함께합니다. 동시에 구한말이라는 시대적 상황, 삶에 대한 본능만이 존재하는 개마고원, 눈보라 날리는 밀림 속을 짐승의 감각으로 드나들며 생계를 이어나갔던 개마고원 포수들의 삶을 밀도 있게 그려내고 있습니다.

'인간 대 인간'의 승부가 아닌 '조선 최고의 명포수 대 조선 마지막 대왕 호랑이'의 목숨을 건 7년간의 승부를 그린 그의 작품을 읽으면서, 금년 초에 읽은 레오나르도 디카프리오가 주연한 동명(同名)의 영화 원작소설 『레버넌트*Revenent*』가 머리에 떠올랐습니다.

'레버넌트(Revenent)'라는 단어의 뜻은 '죽음에서 돌아온 자'입니다. 서부시대의 위대한 개척자로 알려진 실존 인물 휴 글래스가 겪은 실화를 바탕으로 쓴 소설인 『레버넌트』에서 작가인 마이클 푼케(Michael Punke)는 혹한기의 대자연이 얼마나 압도적인 존재인지를 실감나게 묘사하고 있습니다.

소설의 줄거리는 이렇습니다.

모피 사냥꾼 휴 글래스는 정찰 임무를 수행하던 중 거대한 회색곰과 일대일로 맞닥뜨려 사투를 벌입니다. 처참한 모습으로 쓰러진 글래스를 발견한 사냥꾼 일행은 고민 끝에 동료 두 사람을 남겨 그를 보살피기로 결정하고 떠납니다. 그러나 며칠 후, 인디언들의 습격을 받은 두 명의 동료는 아직 살아 있는 글래스를 버리고 오히려 그의 무기들을 빼앗아 달아나버립니다. 무방비로 홀로 남겨진 글래스는 자연과의 사투 끝에 기적적으로 살아남아 극한 상황 속에서 끝없는 복수의 여정을 시작합니다.

비록 『밀림무정』의 주인공 '산'과 같은 명포수는 아니었겠지만 사냥꾼으로서의 할아버지의 마지막 모습이 지금도 선연합니다. 아버지가 짧은 생을 마감하신 후 현실적인 경제 문제에 맞닥뜨린 할아버지는 우선 사냥개부터 팔기 시작하셨습니다. 셰퍼드는 쉽게 팔려나갔지만, 날렵한 몸매의 포인터와 도베르만과 같은 사냥개를 찾는 사람은 없었습니다. 어느 날 할아버지는 엽총을 사기 위해 찾아온 사람과 같이 동네 뒷산

공터에 오르셨습니다. 바위를 향해 조심스럽지만 최고의 집중력을 모은 마지막 한 방으로 목표물을 쏘아 맞히고 무심히 총을 건네신 할아버지의 모습은 어린 제 눈에도 한없이 쓸쓸해 보였습니다. 김탁환 작가의 소설 『밀림무정』은 저를 50년 전으로 돌아가게 했습니다. 할아버지를 '산'과 같은 명포수로 둔갑시켜가면서 말입니다.

마음이 전부입니다

14.

몰입

아프리카의 초원을 거닐다가 사자와 마주쳤다고 상상해 볼까요? 이때는 이 위기를 어떻게 빠져나갈까 하는 것 이외에는 아무 생각이 없을 것입니다. 이 상태가 바로 몰입입니다.

몰입 상태에서는 한 가지 목표를 위해 자기가 할 수 있는 최대 능력을 발휘하는 비상사태가 발동합니다. 자신을 초긴장 상태로 만들어 모든 것을 잊고 오로지 한 가지 일에 집중하기 때문에 잠재된 능력을 최대로 발휘하는 것입니다. 이런 몰입 상태의 사고는 과학, 비즈니스, 학습 등 여러 분야에서 그 위력을 발휘해 왔습니다.

이쯤 되면 우리는 흔히들 몰입이란 비범한 천재들의 전유

물이 아닐까 하는 의구심을 갖게 됩니다. 뉴턴, 아인슈타인, 에디슨 등의 천재들이 극한의 몰입을 통해서 역사적 발견 내지는 발명이라는 결과물을 만들어냈다는 위인전기가 머리에 퍼뜩 떠오르기 때문입니다.

그러나 황농문 교수는 우리처럼 평범한 사람들도 적절한 방법을 알고 노력한다면 이들이 사용했던 몰입 상태의 사고를 얼마든지 따라 할 수 있다고, 개인적인 경험의 예를 들어가면서 확신하고 있습니다.

사실 누구나 한 번쯤 어떤 일에 몰입해본 경험이 있을 것입니다. 제 경우에는 오래전 한때 바둑에 빠져있을 때에 경험해본 적이 있습니다. 엇비슷한 실력의 동생과 대국을 벌이던 시간, 온 신경이 바둑판에 집중되면서 바둑을 두고 있는 사이에 친구가 왔다 간 것도 몰랐습니다. 이렇듯 사람은 누구나 몰입할 수 있는 능력을 가지고 있는 것입니다.

사람들은 위기 상황에서 할 수 없이 몰입하기도 하고, 몰입이 주는 즐거움 때문에 번지 점프 같은 가상의 위기상황을 만들어 일부러 몰입을 추구하기도 합니다. 그런데 이왕이면 업무나 학습활동에 몰입하여 높은 기량도 쌓고 즐거움도 언을 수 있다면 이보다 더 좋은 것은 없을 것입니다. 이것은 삶에서 대단히 중요한 문제이고, 이 방법을 터득하면 삶의 행복을 찾을 수도 있기 때문입니다.

놀아도 몰입하지 않으면 재미가 없고 아무리 돈이 많아도 몰입하지 않으면 행복을 경험하기 어렵습니다. 행복을 추구하면서도 해야 할 일을 남보다 더 잘할 수 있도록 해주는 방법이 바로 몰입이라고 할 수 있습니다.

언뜻 생각하기에 마라톤은 아무나 도전할 수 없는 초인적인 운동 같이 보이지만 적절한 훈련만 거친다면 누구나 할 수 있는 것처럼, 몰입 상태의 사고 역시 원리를 깨닫고 단계적인 훈련을 거치면 누구나 자유롭게 활용할 수 있다고 황 교수는 말하고 있습니다.

몰입을 바탕으로 한 사고야말로 잠재되어 있는 우리 두뇌의 능력을 첨예하게 깨우는 최고의 방법이면서 스스로 창조적인 인재가 되는 지름길입니다. 이 사실을 깨닫고 몰입상태의 사고를 할 수 있게 된다면 우리 안에 숨어 있는 천재성을 이끌어내고 인생의 즐거움과 행복을 만나는 일이 그리 어렵지만은 않을 것이라고 황 교수는 확신합니다.

마음으로
하는 부탁

1.

자기 존중감이
중요한 이유

이 글을 쓰고 있는 지금, 우리나라 걸 그룹 f(x)의 전 멤버인 설리(본명 최진리)가 불과 25세라는 젊은 나이에 극단적인 선택을 하는 충격적인 사건이 일어났습니다. 언론은 설리가 그동안 악플로 인한 고통을 토로해왔고, 우울증도 앓고 있었다고 보도하고 있습니다. 몇 달 전 탤런트 전미선 씨가 역시 유명을 달리 했을 때도 언론은 그녀의 우울증에 초점을 맞춰 기사를 내보냈습니다.

그러나 저는 이들의 불행한 선택이 그렇게 간단하게 몇마디로 규정지어질 성격의 일이 아니라고 생각합니다. 다양한 정신의학적 심리학적 심층 분석도 이어지고 있습니다만 저는 데이비드 호킨스 박사의 저서 『의식혁명』에서 이들의 극단적 선택의 단초를 찾으면서 앞으로 어떻게 하면 이런 일이 되풀이되지 않게 할 수 있을까, 그 방법도 생각해보았습니다.

데이비드 호킨스(David Ramon Hawkins) 박사는 미국의 정신과 의사이자 영적 지도자입니다. 그는 정신과 의사로서 선구적인 업적을 남겼는데, 특히 정신분열증과 알코올 중독증에 대해 임상 경험을 바탕으로 중대한 돌파구들을 마련한 일이 그것입니다. 그의 연구 결과들은 의학, 과학, 정신분석 각 방면의 학술저널에 널리 발표되었습니다.

호킨스 박사는 마지막 30년의 생애를 미국 Arizona에서 서로 이질적으로 보이는 과학과 영성을 상호 연관시키는 연구를 하며 보냈습니다. 1995년에는 운동 역학을 이용해 진실을 알아내는 기법과 의식 수준이라는 개념, 그리고 이제는 전 세계적으로 건강 분야의 전문가들, 교수들, 경영인 등이 사용하는 의식 지도라는 개념을 처음으로 발표했습니다. 이 내용은 『의식혁명*Power vs Force*』이라는 제목으로 출판되었고,

25개국의 언어로 번역되어 전 세계의 극찬을 받았습니다. 성녀로 추앙받는 테레사 수녀는 '신성하고 아름다운 선물과 같다.'라고 이를 상찬(賞讚)하기도 했습니다.

호킨스 박사는 힘에 대해 긍정적 에너지인 'Power'와 부정적 에너지인 'Force'로 구분했습니다. 그리고 운동 역학을 이용해 측정한 의식의 에너지 수준을 1lux~1,000lux로 세분했습니다.

에너지 수준에 따른 의식의 전환점인 200lux 이하일 때는 부정적 에너지인 Force가 지배합니다. 이때 의식의 수준은 분노, 욕망, 두려움, 슬픔, 무기력, 죄의식, 수치심의 형태를 띱니다. 그리고 경멸, 미움, 갈망, 근심, 후회, 절망, 비난, 굴욕 등과 같은 감정들을 자각하게 됩니다. 이들 감정이 행동으로 나타날 때의 모습이 바로 과장, 공격, 집착, 회피, 낙담, 포기, 학대, 잔인함 등과 같은 것입니다.

특히 에너지 수준이 거의 바닥인 20lux에 이르면 의식 수준은 수치심의 단계로 떨어집니다. 그리고 이때 극단적인 행동이 나타나게 되는데 그 방향이 스스로를 향하면 자살이나 자해로 이어지고, 화살이 타인을 향할 때 살인을 포함한 공격적 행동으로 나타난다고 합니다.

호킨스 박사는 전 인류의 85%가 부정적 에너지인 Force가 지배하는 단계에 머물러 있다고 했습니다. 어떤 의미에서 이들 인간은 자연계의 동물보다 고통스러운 삶을 살고 있다는 것입니다.

그러나 에너지 수준이 200lux로 높아지면 부정적 에너지 Force는 긍정적 에너지인 Power로 바뀌기 시작합니다. 비로소 용기와 긍정의 기운이 감도는 단계가 되는 것입니다. 긍정적 에너지가 작용하는 단계에서는 이성, 포용, 자발성 등의 의식 수준을 가지게 되며 낙관, 신뢰, 책임감, 이해 등의 감정이 생겨나고, 이는 다시 용서, 친절, 관대함, 통찰력 등의 행동으로 이어집니다. 그러나 안타깝게도 전 세계 인구의 14%만이 이 단계에 이르고 있다고 진단합니다.

그리고 에너지 수준이 600lux에 이르게 되면 도달하는 곳이 이른바 깨달음의 경지입니다. 불과 1%의 인구만이 이 단계까지 도달할 수 있다는데 이 단계가 되면 세상은 하나이고 모두 연결되어 있다는 자각에 이르게 된다고 호킨스 박사는 말합니다.

그렇다면 이러한 의식 수준은 과연 인위적으로 높일 수 있을까요? 그게 가능하다면 어떻게 이들의 의식 수준을 높일 수 있을까요?

호킨스 박사는 온전성, 이해, 연민을 통해 의식 수준을 높일 수 있다고 주장합니다. 그리고 이러한 상태가 되기까지는 의식을 높이려는 동기가 부여되어야 하는데, 대다수의 인간은 태어날 때 카르마(운명)에 의해서 동기가 부여된다고 합니다. 그러나 죽을 때까지 의식 수준이 평균 5점 이상으로 상승되는 일은 일어나기 힘들고, 오히려 떨어지는 경우도 많이 있다고 합니다.

하지만 양자 도약처럼 높이 상승하는 경우가 간혹 발행하는데, 그것은 지식과 사랑을 실천하는데 따른 것입니다. 세상을 이해하려는 노력(학습)과 세상에 기여하려는 노력(사랑)으로 의식은 도약합니다. 세상을 배움의 터로 인식하여 배우며, 세상을 공유의 장으로 인식하여 나누는 삶, 이 지점에서 노자의 철학과 만납니다.

의식 수준을 높인다는 것은 그만큼 자기를 존중하는 것을 의미하며, 바로 이것이 자존감의 상승으로 이어지기 때문에 중요하다고 생각합니다.

반가운 일은 우리가 간단하게 적절한 단어를 사용하는 훈련만으로도 의식 수준을 높일 수 있다는 것입니다. 같은 의미를 가진 말이라도 내포하고 있는 에너지는 다르기 때문에 우리가 세심하게 선택해서 사용하기만 해도 그 효과를 볼 수 있습니다.

예를 들어 소박한 물품을 구입했을 때 이를 평가하는 단어인 '검소한'과 '싸구려의'는 상반된 의식 수준을 불러일으킵니다. '검소한'이라는 단어에서는 긍정적인 에너지가 느껴지지만 '싸구려의'라는 단어에서는 부정적인 기운이 느껴집니다. '겨루는'과 '경쟁하는'이라는 한 쌍의 단어에서도 같은 의미로 사용되지만 역시 상반된 기운을 느낄 수 있습니다.

제가 대학 강의 시간이나 외부 특강할 때 사용하는 도구가 있습니다. 바로 '버츄 프로젝트'입니다. 버츄 프로젝트(Virtue Project)는 1991년 캐나다 출신의 정신요법의사인 린다 캐벌린 포포프와 소아정신과 의사이자 종교학자인 그녀의 남편 댄 포포프 박사, 그리고 디즈니사 영상감독이었던 그녀의 남동생 존 캐벌린에 의해 공동으로 창안되었습니다.

　　이 세 사람은 인류 사회의 다양한 정신적 유산인 세계 종교와 관련된 문헌을 비교하여 인류 사회를 관통하는 보편적인 가치 360여 개를 선별했습니다. 그리고 그 가운데서 다시 52가지를 정선, 정리하는 작업을 했습니다. 이 과정을 통해 일상생활 속에서 누구나 쉽게 자신의 내면에 있는 미덕을 일깨우고, 그를 효과적으로 연마하도록 돕는 5가지 전략과 관련 활동을 개발했고, 이러한 일련의 활동을 바탕으로 하나의 포괄적인(holistic) 인성교육 프로그램을 완성시켰습니다.

　　제가 사용하는 도구는 '미덕의 보석들'이라는 이름의 작은 카드입니다. 이 카드에는 위에 언급한 52가지의 미덕의 언어가 적혀있습니다. 수업 시간에 학생들을 2명씩 짝을 지어

지난 한 주 동안에 경험한 보람 있었던 일을 나누도록 합니다. 듣고 있던 학생이 미덕의 보석들 중에서 내용에 알맞다고 생각하는 언어를 사용해서 상대방을 칭찬하게 되면 강의실 분위기가 갑자기 환해집니다. 학생들의 얼굴에도 완연한 미소가 떠오릅니다. 외부 강의 때에도 시작 전의 Ice breaking(안면트기) 시간에 미덕의 보석들을 활용하면 수강생들의 얼굴에 환한 미소가 어리면서 순식간에 라포(rapport,관계)가 형성됩니다.

비록 우리의 의식 수준이 호킨스 박사가 예시한 깨달음의 경지에까지 이르는 것은 쉽지 않겠지만, 부정적인 의식 에너지로 가득한 Force 단계에서 긍정적인 의식 에너지 단계인 Power로 의식 전환을 이루는 것은 간단한 언어 습관을 바꾸는 것만으로도 충분히 가능하다는 것이 저의 생각입니다.

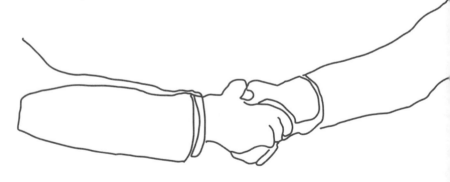

일상에서도 상대방이 사용하는 언어로 그 사람의 현재 의식 에너지 상태를 가늠하여 그에 걸맞는 적절한 언어를 사용하는 노력을 계속한다면 상대방의 의식 수준을 높일 수 있게 되고, 우리 사회도 그만큼 밝아지지 않을까 조심스럽게 희망해봅니다.

2.

가장
중요한 스펙,
자존감

얼마 전 한 인터넷 마케팅 회사로부터 특강 의뢰를 받았습니다. 서울 근교에서 가질 주말 워크숍에서 전 직원 대상으로 진행할 예정이라고 했습니다. 의뢰 받은 특강 제목이 독특했습니다. '사랑'이었습니다. 작년 워크숍의 특강 제목은 '흥(興)'이었다고 했습니다. 톡톡 튀는 강의 제목에서 회사의 특성이 어렴풋이 감지되었습니다.

아니나 다를까 그 회사의 직원들은 간부급 5명을 제외하고는 모두 20~30대의 젊은 직원들이었습니다. 아직까지 학교에서 20대 초반인 대학생들과 호흡을 같이하고 있지만, 사회에 진출해 있는 20대 후반에서 30대 중반까지의 젊은이들을 마주하는 일은 또 다른 무게로 다가왔습니다. 인생의 선배로서 어떤 말을 건네줄 수 있을까 고심에 고심을 거듭했습니다.

회사 측에서 제시한 강의 제목은 〈나를 사랑하는 훈련법(부제: 사랑학 개론)〉이었습니다. '사랑'이라는 단어를 듣자마자 곧 바로 '자존감'이라는 단어가 머리에 떠올랐습니다. 나를 사랑한다는 것은 결국 높은 자존감을 갖는다는 말과 맥이 통한다고 생각하기 때문입니다.

"자신을 사랑하지 않으면 다른 사람도 사랑할 수 없다."

이 말을 들어보지 않은 사람은 없을 것입니다. 그러나 진정으로 자신을 있는 그대로의 모습으로 사랑하는 사람은 과연 얼마나 될까요? 대학 신입생 시절의 기억이 새삼스럽게 떠올랐습니다.

고교 시절에는 자타가 인정하는 opinion leader(여론 주도자)로서 일상이 물 흐르듯 했습니다. 그러나 대학에 입학한 후에 수시로 벽에 부딪치며 당황스러웠던 경험. 게다가 상대방들의 의견이 충분히 일리가 있거나 더 나은 경우가 많았을 때, 그동안 제가 고수했던 가치 체계가 무너지면서 마주한 혼란스러움 등은 신입생 시절의 제 모습 자체였습니다.

돌이켜보면 당시는 근본적으로 자존감이 깊은 수렁에 빠졌던 시기였습니다. 겉으로는 멀쩡하게 보였을지 모르지만 막상 내면의 생각은 갈피를 잡지 못했던 시기였습니다. 가정 형편상 쉴 새 없이 가정교사로 이리 뛰고 저리 뛰면서 시간이 빠듯한 와중에도 법대생이 법률 서적은 제쳐두고 심리학과 사회학 책에 빠져 살면서 나름대로 답을 찾으려고 애를 썼던 시기이기도 했습니다.

그러나 한 줄기 빛은 엉뚱하게도 군에 입대하면서 찾아왔습니다. 당시에는 2학년을 마치면 군에 입대하는 것이 관례였습니다. 대한민국 평균 남자들이 모여 있는 곳, 군대에서 저는 제가 어떤 사람인지를 비로소 알았습니다. 저를 객관적으로 이해할 수 있었던 것입니다.

'메타인지(Metacognition)'라는 말이 있습니다. '메타(meta)'

는 'about(~에 대하여)'의 그리스어 표현으로, 메타인지는 한마디로 '자기성찰 능력'을 뜻합니다. 다시 말해서 내가 누구이고, 무엇을 알고 무엇을 모르는지, 내가 하는 행동이 어떠한 결과를 낼 것인지에 대해 아는 능력을 말합니다.

군에 입대하고 나서야 제가 어떤 사람인지, 무엇을 알고 무엇을 모르는지를 깨닫고 나자 비로소 제 자신을 추스를 수 있게 되었고, 모르는 부분을 보완하기 위해 계획을 세우고 이를 실행에 옮길 수 있게 된 것입니다. 대부분의 군필자들과 마찬가지로 저도 전역 후에 한동안 군에 다시 입대해야 한다는 악몽을 몇 차례 꾸기도 했지만, 군 생활은 저에게 자아를 되찾게 만든 소중한 시기였습니다. 그렇다고 그 이후에 저의 자존감이 단번에 단단하게 반석 위에 굳건히 자리 잡은 것은 결코 아닙니다. 그 후에도 지금까지 수도 없이 부침을 거듭하며, 그리고 수시로 모습을 달리 하며 자존감은 서서히 제 몸에 자리 잡아가고 있습니다.

자존감에 대해 이렇게 말머리가 장황해진 것은 오랫동안

사회생활을 해본 결과 무엇보다도 가장 중요한 것이 자존감이라고 생각하기 때문입니다.

'자존감이란 자신이 삶에서 마주하는 기본적인 도전에 맞서 대처할 능력이 있으며, 행복을 누릴 만한 가치가 있는 사람이라고 생각하는 내적 경향'이라고 자존감 연구의 대가 너세이널 브랜든(Nathniel Branden) 박사는 정의하고 있습니다.

즉 자존감은 있는 그대로 자신의 장점과 단점을 정확히 인지하는 것입니다. 그리고 인지한 것을 바탕으로 삶의 과정에 따르게 되는 요구에 자신이 스스로 결정하여 적절히 대응할 수 있는 자신감입니다. 그리고 그런 모습의 자신을 사랑하고, 자신에 대해 만족하며, 스스로의 존재 가치를 느끼고, 내 삶을 내가 통제하고 있다는 자신감에 따른 감정이라고도 할 수 있습니다.

자존감이 높은 사람은 자신의 장점과 단점을 있는 그대로 인정하고 에너지 낭비를 하지 않습니다. 너그럽고 사물과 현상을 있는 그대로 볼 줄 압니다. 그리고 다른 사람의 비판에 대해서도 열린 마음으로 받아들이고 자신의 실수도 편안하게 인정하며 이를 시정합니다. 본인이 완전한 존재가 아니라는 것을 알고 있기 때문입니다. 또한 말과 행동이 자연스럽고 새로운 생각과 경험을 접할 때 편견을 갖지 않고 호기심을 보입니다. 스트레스를 받는 상황에서도 균형을 잃지 않습니다.

과거에 비해 우리의 삶은 비약적으로 발전했지만 사회는 필요 이상으로 복잡해지고 있고, 각종 SNS의 발달로 타인과의 거리는 가까워진 듯 보이지만 마음의 거리는 오히려 멀어지는 시대에 살고 있습니다. 정보가 폭증하면서 우리 고유의 정체성마저 비교당하며 살고 있습니다. 이러한 좋지 않은 환경에서 가장 강력하고 중요한 무기는 건강한 마음, 즉 자존감입니다.

과거 회사에서 신입사원 면접을 볼 때마다 그다지 필요할 것 같지 않은 자격증으로 도배한 입사 지원서들을 보고 느꼈던 안타까움이 새삼 떠올랐습니다. 가끔은 지원자들에게 단도직입적으로 그 이유를 물어보기도 했습니다. 막연하게나마 이것저것 준비해놓아야 그나마 마음이 놓여서라는 답이 돌아왔습니다.

그러나 무엇보다도 면접 위원들의 마음을 사로잡는 지원자들은 매우 자연스럽게 자신의 생각을 조리 있게 표현하는 사람들입니다. 달리 말하면 높은 자존감을 가진 사람들만이 보일 수 있는 태도가 실제로 높은 점수를 받습니다.

이들 자존감이 높은 사람들은 현실을 존중하고 합리적입니다. 창의적이고 유연하며 변화에 대처하는 능력도 뛰어납니다. 무엇보다도 너그럽고 협동심을 훌륭하게 발휘하는 이들의 특성은 집단 지성의 시대에 무엇과도 바꿀 수 없는 것이기에 그 자체가 장점으로 작용한다는 것을 우리는 경험적으로 알고 있기 때문입니다.

그런 의미에서 높은 자존감이야말로 무엇보다도 이 시대

에 필요한 가장 중요한 스펙이라고 생각합니다. 게다가 자존감은 얼마든지 익힐 수 있는 덕목입니다. 저와 함께 그 길을 함께 가보지 않으시겠습니까?

ㅋ.

Reading & Fitness

2018년 3월 말, 마지막 직장에서 은퇴하면서 퇴임의 변으로 남긴 말이 후배들에게는 깊은 인상을 남긴 모양입니다. 마지막 주주총회 이후 가진 간단한 퇴임식에서 경영관리팀장이 송사에서 이를 언급한 것을 보면 말입니다.

제가 후배들에게 남긴 말, '리딩 앤 피트니스(Reading & Fitness)'는 사실은 KBS 오강선 PD가 펴낸 책의 제목입니다. 2016년 초에 이 책을 발견하고 이렇게 똑같은 생각을 하는 사람이 있다는 점에 놀랐던 기억이 새롭습니다.

리딩 앤 피트니스는 제가 20년째 실천해오고 있는 일상입니다. 직장 생활 20년째인 2001년에 처음으로 낙마를 하고 궁지에 몰렸을 때, 스스로 경쟁력을 상실했다는 판단을 내리면서 이를 회복하기 위해 다잡았던 것이 바로 독서와 운동이었습니다. 매일 2만 보 이상 속보와 월 10권 이상의 독서를 19년째 하루도 거르지 않고 실천해 오면서 피부로 느끼고 있던 점을 오강선 PD는 책에서 매우 적절하게 표현해주셨습니다.

독서의 목적은 더 이상 과거와 같이 지식을 얻기 위한 것이 아닙니다. 지식은 인터넷을 검색하면 언제든지 손쉽게 얻을 수 있는 시대가 되었습니다. 지금은 그보다는 오히려 두뇌를 기민한 상태가 되도록 단련시키는 데 더 큰 목적이 있다고 생각합니다. 두뇌의 수용 능력 내지는 그릇을 키우기 위해 독서를 하는 것이라고 이해하면 쉽습니다.

운동도 마찬가지입니다. 몸을 건강하게 유지하기 위한 것이 1차적 이유입니다만, 이제는 그보다 신체적 기민성을 확보하기 위한 목적이 더욱 중요해졌다고 생각합니다. 다른 말로 바꾸면 신체의 변화 수용 능력을 키우기 위해 운동을 계속하는 것이라고 생각합니다.

　본격적으로 전개되고 있는 디지털 시대는 2진법의 새로운 패러다임에 의해 움직이기 때문에 기존의 관념의 틀을 버리고 사고의 틀을 다시 짜야만 합니다. 디지털이 바꾼 미래가 우리에게 요구하는 수준은 거의 초능력자 수준의 능력이기 때문입니다.

　생산성의 비선형적(非線形的) 향상을 위해서는 멀티태스킹(multiasking) 능력을 갖추어야 하는 것은 물론이고, 집단 지성의 시대를 맞아 인간관계를 관리하는 능력이 그 어느 때보다 중요한 때가 되었습니다. 이 능력들은 그동안 지름길을 찾고 편법을 구사하는데 익숙해진 우리에게 정도(正道)를 걷도록 요구하고 있습니다. 앞으로는 우직할 정도로 정직하게 가는 사람만이 시대의 흐름을 놓치지 않고, 또한 이를 선도할 수 있다고 생각합니다.

　이러한 미래를 대비하기 위한 우리의 생존 전략은 무엇이 되어야 할까요? 그것은 바로 평생 학습 능력을 유지하는 것입니다. 편종형(編鍾型) 학습 곡선이 암시하듯 지적인 호기심을 잃지 않고 탐구해가는 자세야 말로 우리의 미래를 담보할 수 있다고 생각합니다. 그리고 그 구체적인 방법이 바로 두뇌와 신체의 변화 수용 능력을 키워주는 리딩(reading)과 피트니스(fitness)라고 생각합니다.

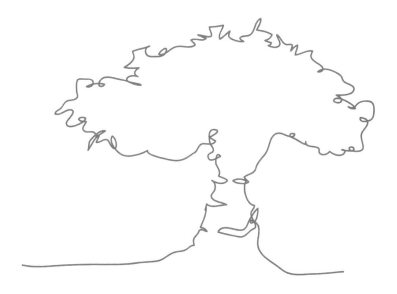

4.

팔 굽혀 펴기
1,000개

얼마 전 어느 독서모임에서 『그릿Grit』이라는 책이 소개되면서 참석자들의 관심을 끈 일이 있었습니다. 6년 전에 제 손을 거쳐 갔던 책이었음에도 불구하고 내용이 새록새록 떠올랐습니다.

연세대학교 김주환 교수의 저서인 이 책을 처음 접했을 당시에는 현직에 있던 터라 이 책의 내용은 저의 관심 사항인 일과 학습이라는 쪽에 치우쳐 연결 짓고 있었습니다. 자유인이 된 지금 다시 그 책의 제목을 듣자 문득 엉뚱한 생각이 떠올랐습니다.

팔 굽혀 펴기에 적용해볼까? 웬 뜬금없는 팔 굽혀 펴기냐고요?

금년 초부터 기업의 임직원 코칭으로 일상이 분주해지기 시작했습니다. 수시로 지방으로 출장을 다니다 보니 헬스클럽에 가지 못하는 시간이 많아졌습니다. 정 시간이 여의치 않으면 팔 굽혀 펴기를 규칙적으로 하는 것으로도 어느 정도 보완이 될 것이라는 주위의 조언을 참고삼아 금년 3월 중순부터 팔 굽혀 펴기를 시작했습니다.

거의 6년 만에 시도해본 팔 굽혀 펴기의 결과는 참담했습니다. 아무리 오래간만에 하는 것이라고 하지만 내심 50개야 하지 않겠느냐는 근거 없는 자신감은 불과 6개도 하지 못하고 고꾸라지면서 온데간데없이 사라졌습니다.

"아니, 고작 6개도 못하다니, 어찌 이럴 수가!"

6년 전에 팔 굽혀 펴기를 한 것도 역시 코칭 때문이었습니다. 혈기왕성한 고교생을 꼬박 3년간 코칭 하면서 같이 팔 굽혀 펴기를 하는 것으로 마무리 ritual(의식)을 삼았었습니다.

처음 20개로 시작한 팔 굽혀 펴기는 매번 코칭 때마다 1개씩 늘려가서 결국 100개에 이르면서 또 다른 작은 성취감까지 맛보는 부수 효과까지 있었습니다.

그러나 6년 만에 시도해본 팔 굽혀 펴기의 결과는 역시 냉정했습니다. 노력을 하지도 않고 결과를 기대하다니요. 그날 이후 오래전의 좋은 기억을 다시 한 번 되살려보기로 결심했습니다. 가볍게 시작한다는 의미에서 침대 가장자리를 잡고 상체를 올려서 비스듬하게 기울인 자세로 부담 없이 시작하기로 했습니다. 아침에 기상해서 가볍게 몸을 푼 다음 20개로 시작해서 매일 하나씩 늘려가기로 마음을 먹었습니다.

며칠 계속 이어지자 몸이 다시 정렬되는 느낌이 돌아오기 시작했습니다. 매일 5개씩 늘려나가는 것으로 변경했습니다. 횟수가 100개에 육박하자 점차 욕심이 나기 시작했습니다. 매일 10개씩 늘려갔습니다. 7월 1일 횟수가 400개를 돌파했습니다. 스스로도 놀랐습니다.

"이게 가능하구나!!"

물론 한 번에 일사천리로 400개를 마치는 것은 아닙니다. 처음 한꺼번에 100개를 한 후 그날의 컨디션에 따라 이어서

20개 내지는 30개씩 추가해 나가는 것입니다.

문득 '그릿(Grit)'의 정신이 떠올랐습니다.
"스스로 한계를 짓지 말자!"

8월에 들어서자 700개를 넘어선 팔 굽혀 펴기는 9월 1일 드디어 1,000개를 돌파했습니다. 스스로도 믿기지 않았습니다.
"어디까지 할 수 있나 도전해보자!!"

추석날 아침에 땀을 뚝뚝 흘려가며 1,120개를 넘어서자, 만일 정식 팔 굽혀 펴기를 한다면 과연 몇 개가 가능할까 궁금해지기 시작했습니다. 추석이 지나자마자 이제는 정식 팔 굽혀 펴기로 바꿨습니다. 역시 처음부터 무리하지는 않기로 마음먹었습니다. 100개까지 한 번에 무난히 마칠 수 있었습니다. 또 다시 궁금해지기 시작했습니다.
"정식 팔 굽혀 펴기는 몇 개까지 가능할까?"

역시 매일 10개씩 늘려나갔습니다. 그리고 오늘 아침 마침내 220회의 팔 굽혀 펴기에 성공했습니다.

마침 대학 신입생 시절 교양 체육시간에 선병기 교수님의 말씀이 생각났습니다.

"법대생인 여러분에게는 고시공부에 필요한 기초체력만 있으면 되니, 운동장 1바퀴를 3분 안에 돌고, 팔 굽혀 펴기를 50개 이상 하면 무조건 A학점을 주겠다."

지능이나 재능은 잠재되어 있습니다. 그러나 그러한 능력이 실제로 발휘되려면 마음의 근력이 필요합니다. 어떤 분야에서든 높은 수준의 성취력을 위해 반드시 필요한 것이 바로 '그릿(Grit)'입니다. 그릿은 스스로의 능력이 성장하고 발전할 수 있다는 신념을 바탕으로 온갖 어려움과 역경에도 포기하지 않고, 자발적인 열정으로, 자신이 세운 목표를 향해 끝까지 노력할 수 있는 능력을 말합니다.

그릿은 스스로에게 동기를 부여하는 힘, 즉 자기 동기력(動機力)에서 시작해서 목표를 향해 끈기 있게 나아가도록 자신을 통제하는 힘, 즉 자기조절력으로 완성됩니다.

스스로 하고 싶어서 자발적으로 하는 힘이 바로 자기 동기력입니다.

세월이 쏜 살과 같이 지난다는 표현이 더 이상 진부하게 느껴지지 않는 지금, 어느새 인생 2막이 시작되었습니다. 나름대로는 열심히 살아왔다고 생각하지만 군데 군데 아쉬웠던 과거의 순간도 많습니다.

그럼에도 불구하고 후배들의 눈에는 저의 삶의 궤적이 긍정적으로 비친 모양입니다. 요즘 들어 저를 찾아오는 후배들이 많습니다. 퇴임이 곧 예견되는 고위직 임원부터 40대 중후반의 젊은 후배까지 다양합니다. 그들의 질문은 모두 한결같습니다.

"퇴직 후 삶의 방향을 어떻게 잡아야 할까요?"

20년 전, 직장생활 중에 처음 겪은 뜻하지 않은 낙마의 순간이 오히려 인생의 turning point로 작용했던 저는 이미 오래전부터 훗날을 대비하는 마음으로 살아왔기에 다양한 대안을 모색해 왔습니다만, 순항을 거듭하다 막상 종착역 부근까지 와버린 입장이라면 정말 막막한 일이 아닐 수 없다고 생각합니다.

평범하기 그지없으면서도 나름대로 치열한 고민을 거듭했던 저의 흔적이 작으나마 참고가 되셨다면 더할 나위 없는 보람이 될 것 같습니다.

그동안 저에게 음으로 양으로 도움을 주신 분들은 일일이 거론할 수 없을 정도로 많습니다. 그분들이 나누어주신 힘이 없었다면 오늘의 저도 없었을 것입니다. 그분들 모두에게 깊은 감사를 드립니다.

누구보다도 9순의 어머니께 감사드립니다. 평생을 자식

들 뒷바라지 하시느라 노심초사해오신 그 노고는 말로 형용
할 수 없을 정도입니다. 평생의 동지인 아내와 어엿한 사회인
으로 성장한 두 아이에게도 감사합니다. 아내와 아이들과 함
께 만들어온 건강하고 따뜻한 가정이야 말로 저의 힘의 원천
이었기 때문입니다.

2019년 늦가을에, 이성주